TRADUÇÃO Ana Carolina Oliveira

2ª EDIÇÃO · 1ª REIMPRESSÃO

Copyright © 1946 Tove Jansson
Copyright desta edição © 2020 Editora Yellowfante

Publicado originalmente por Schildts Förlags Ab, Finland. Todos os direitos reservados.
Edição em português publicada através de acordo com Schildts & Söderströms e
Vikings of Brazil Agência Literária e de Tradução Ltda.

Título original: *Kometjakten*
Traduzido do inglês *Comet in Moominland* por Ana Carolina Oliveira

Todos os direitos reservados pela Editora Yellowfante. Nenhuma parte desta
publicação poderá ser reproduzida, seja por meios mecânicos, eletrônicos, seja via
cópia xerográfica, sem a autorização prévia da Editora.

EDIÇÃO GERAL
Sonia Junqueira

DIAGRAMAÇÃO
Carol Oliveira

REVISÃO
Maria Theresa Tavares

Dados Internacionais de Catalogação na Publicação (CIP)
(Câmara Brasileira do Livro, SP, Brasil)

Jansson, Tove
 Um cometa na terra dos Moomins / Tove Jansson ; tradução Ana
Carolina Oliveira. -- 2. ed. ; 1. reimp. -- Belo Horizonte : Yellowfante,
2023. -- (Série Moomins ; 2)

 Título original: Kometjakten
 ISBN 978-65-86040-18-0

 1. Literatura infantojuvenil I. Título.

20-34719   CDD-028.5

Índice para catálogo sistemático:
1. Literatura infantil 028.5
2. Literatura infantojuvenil 028.5

Maria Alice Ferreira - Bibliotecária - CRB-8/7964

A **YELLOWFANTE** É UMA EDITORA DO **GRUPO AUTÊNTICA**

Belo Horizonte
Rua Carlos Turner, 420
Silveira . 31140-520
Belo Horizonte . MG
Tel.: (55 31) 3465-4500

São Paulo
Av. Paulista, 2.073 . Conjunto Nacional
Horsa I . Sala 309 . Bela Vista
01311-940 . São Paulo . SP
Tel.: (55 11) 3034-4468

www.editorayellowfante.com.br
SAC: atendimentoleitor@grupoautentica.com.br

SUMÁRIO

7   GALERIA DOS MOOMINS

11   **CAPÍTULO 1**
Que conta como Moomin e Sniff, seguindo uma trilha misteriosa para o mar em busca de pérolas, descobrem uma caverna e como Muskarato evitou pegar uma gripe.

35   **CAPÍTULO 2**
Que conta sobre estrelas com cauda.

46   **CAPÍTULO 3**
Que conta como lidar com crocodilos.

52   **CAPÍTULO 4**
Que conta sobre o encontro com Snufkin e a terrível experiência com um lagarto gigante.

64   **CAPÍTULO 5**
Que conta sobre o rio subterrâneo e sobre o resgate por Hemulen.

77 **CAPÍTULO 6**
*Que conta sobre a aventura com a águia
e a descoberta do Observatório.*

93 **CAPÍTULO 7**
*Que conta como Moomin salva Miss Snob
de um arbusto venenoso e que um cometa
aparece no céu.*

111 **CAPÍTULO 8**
*Que conta sobre as Lojas da Vila e uma
festa na floresta.*

130 **CAPÍTULO 9**
*Que conta sobre a fantástica travessia do
mar, que tinha secado, e como Miss Snob
salvou Moomin de um polvo gigante.*

149 **CAPÍTULO 10**
*Que conta sobre a coleção de selos
de Hemulen, uma nuvem de gafanhotos
e um terrível tornado.*

163 **CAPÍTULO 11**
*Que conta sobre uma festa de boas-vindas,
o voo para a caverna e a chegada do cometa.*

185 **CAPÍTULO 12**
Que conta o fim da história.

GALERIA DOS MOOMINS

Aqui estão alguns dos personagens que você vai encontrar neste livro.

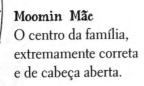

Moomin Mãe
O centro da família, extremamente correta e de cabeça aberta.

Moomin Pai
Contador de histórias, sonhador, muito leal à família e aos amigos.

Moomintrol, ou Moomin, para os amigos
Tão inocente quanto entusiasmado, é também ingênuo e muito amável.

Snork
Irmão de Miss Snob e grande amigo de Moomin. Acredita no poder da ciência e gosta de solucionar problemas.

Miss Snob
Amiga de Moomin, muito ocupada com suas fantasias românticas.

Snufkin
Um boêmio, músico e melhor amigo de Moomin.

Sniff
Um amigo adotivo da família cujo interesse principal é conseguir riquezas, como pedras preciosas.

Muskarato
Diz ser filósofo; gosta de ficar em paz.

Hemulen
Colecionador apaixonado de selos.

O macaco-seda
Um macaquinho de pelo escuro e aveludado que mora na montanha perto do Vale e adora se divertir às custas dos outros.

CAPÍTULO 1

Que conta como Moomin e Sniff, seguindo uma trilha misteriosa para o mar em busca de pérolas, descobrem uma caverna e como Muskarato evitou pegar uma gripe.

Há algumas semanas, a família Moomin estava morando no vale onde tinha encontrado sua casa,* depois do terrível dilúvio (que é outra história).** Era um vale maravilhoso, cheio de bichinhos felizes e árvores floridas, com um estreito rio de águas claras que descia da montanha, contornava a casa dos Moomins e desaparecia em direção a outro vale, onde, sem dúvida, outros animaizinhos se perguntavam de onde ele vinha.

---

* Ela era pintada de azul. Normalmente, casas de moomins são azuis. A *autora*.
**Ver *Os Moomins e o dilúvio*, nesta coleção. (N. E.)

Uma manhã – foi a manhã em que Moomin Pai terminou de construir a ponte sobre o rio –, o pequeno Sniff fez uma descoberta. (Ainda havia muitas coisas para serem descobertas no vale.)

Ele estava vagando pela floresta, quando, de repente, notou uma trilha misteriosamente sinuosa entre as sombras verdes, uma trilha que nunca tinha visto. Sniff ficou lá, hipnotizado, olhando para aquelas curvas por vários minutos.

– É engraçada essa coisa de trilhas e rios – refletiu. – A gente os vê e, de repente, se sente triste e quer estar em outro lugar, talvez o lugar aonde a trilha ou o rio esteja indo. Tenho de comentar isso com Moomin, e nós podemos explorar juntos esse caminho, porque seria um pouco arriscado eu ir sozinho. – Gravou, com seu canivete, um símbolo secreto no tronco de uma árvore, para que pudesse encontrar o lugar de novo, e pensou, orgulhoso: "Moomin vai ficar surpreso!".

Depois, correu para casa, o mais rápido que pôde, para não se atrasar para o almoço.

Moomintrol, ou Moomin, como era chamado pela família e pelos amigos, estava acabando de dependurar um balanço quando Sniff chegou. Ficou muito interessado na trilha misteriosa, e, logo depois do almoço, os dois partiram para dar uma olhada nela.

Na metade do caminho, subindo a montanha, floresciam várias árvores azuis com grandes peras amarelas – e, claro, foi impossível os dois passarem por elas sem que Sniff decidisse que estava com fome.

– É melhor pegarmos só as que caíram com o vento – observou Moomin –, porque mamãe faz geleia com elas. – Mas tiveram de balançar um pouco a árvore, para que algumas caíssem "com o vento".

Sniff ficou muito contente com a aquisição.

– Você pode carregar as provisões, porque não tem mais nada a fazer, tem? Estou ocupado demais para pensar nessas coisas, já que sou o pioneiro da trilha.

Quando chegaram ao topo da montanha, eles se viraram e olharam para o vale lá embaixo. A casa dos Moomins não passava de uma bolinha azul, e o rio, de uma fita verde fininha; o balanço eles nem conseguiam ver.

– Nunca estivemos tão longe assim de casa – observou Moomin, e um arrepio de animação passou pelos dois amigos, ao pensarem nisso.

Sniff começou a vasculhar o local. Olhou para o Sol, sentiu a direção do vento, cheirou o ar e realmente se comportou como um verdadeiro pioneiro de trilha.

– Deve ser em algum lugar por aqui – disse, ocupado. – Fiz um símbolo secreto com meu canivete, em uma ameixeira, exatamente onde a trilha começa.

– Poderia ser aqui? – perguntou Moomin, apontando para um desenho encaracolado, em um tronco à esquerda.

– Não! Está aqui! – gritou Sniff, quando encontrou outro desenho encaracolado, à direita.

Ao mesmo tempo, os dois viram um terceiro desenho encaracolado bem diante deles, mas esse estava muito alto, pelo menos a um metro do chão.

– É esse, tenho certeza – disse Sniff. – Devo ser mais alto do que imaginei!

– Bem, estou impressionado! – exclamou Moomin. – Há desenhos encaracolados por toda parte! E alguns deles estão a quase 30 metros de altura. Acho que você encontrou uma trilha assombrada, Sniff, e agora os fantasmas estão tentando nos impedir de usá-la. O que você acha?

Sniff não disse nada, mas seu rosto ficou muito pálido. Nesse momento, um cacarejo de gargalhada fantasmagórica quebrou o silêncio, e uma grande ameixa azul caiu e quase acertou o olho de Moomin. Sniff soltou um guincho de terror e correu

para se esconder, mas Moomin estava só com raiva e tinha resolvido procurar o inimigo; de repente, viu quem era. Pela primeira vez na vida, estava frente a frente com um macaco-seda!

Ele estava agachado no galho de uma árvore: uma pequena bola escura e aveludada. Seu rosto era redondo e mais claro do que o resto do corpo (mais ou menos da cor do nariz de Sniff, quando ele o lavava de qualquer jeito), e seu sorriso era dez vezes maior do ele mesmo.

– Pare com esse cacarejo horrível! – gritou Moomin quando viu que o macaco era menor do que ele. – Esse vale é nosso. Vá rir em outro lugar.

– Miserável! Infeliz! – murmurou Sniff, fingindo não ter se assustado. Mas o macaco-seda só se dependurou pelo rabo e riu mais alto ainda. Depois, jogou mais algumas ameixas nos dois e desapareceu floresta adentro, com um riso maldoso de despedida.

– Ele está fugindo! – gritou Sniff. – Venha, vamos segui-lo! – E saíram correndo, atropelando-se nos arbustos e espinheiros, sob uma chuva de frutos maduros e pinhas, enquanto todos os bichinhos do chão fugiam para suas tocas o mais rápido que podiam.

O macaco-seda se balançava de árvore em árvore, à frente deles: havia muitas semanas que não se divertia tanto.

– Você não acha que é ridículo (puff...) correr atrás de um macaquinho bobo desse jeito? – perguntou Sniff, depois de um tempo. – Não acho que (puff...) ele valha a pena.

Moomin concordou, e os dois se sentaram sob uma árvore e fingiram estar pensando em algo importante. O macaco-seda se acomodou em um galho da árvore acima deles e tentou parecer importante também: estava se divertindo quase tanto quanto antes.

– Não ligue pra ele – sussurrou Moomin. E, em voz alta: – Bom lugar esse aqui, não, Sniff?

– É. Trilha interessante também – concordou Sniff.

– Trilha – repetiu Moomin, pensativo. E, de repente, notou onde estavam. – Ah, essa deve ser a trilha misteriosa – suspirou.

Ela realmente parecia muito misteriosa. Os galhos das ameixeiras, carvalhos e álamos prateados se uniam no alto e formavam um túnel escuro, que levava ao desconhecido.

– Agora temos de levar isso a sério – disse Sniff, lembrando que era o pioneiro da trilha. – Vou procurar atalhos, e você bata três vezes, se vir alguma coisa perigosa.

– No que devo bater? – perguntou Moomin.

– No que quiser – respondeu Sniff. – Só fique calado. E o que você fez com as provisões? Imagino que tenha perdido. Oh, minha nossa! Eu tenho de fazer tudo sozinho?

Moomin franziu a testa, desanimado, mas não respondeu.

Caminharam, então, para dentro do túnel verde: Sniff, procurando atalhos; Moomin, procurando intrusos perigosos; e o macaco-seda, saltando de galho em galho acima de suas cabeças.

A trilha seguia em curvas para dentro e para fora das árvores, ficando cada vez mais estreita, até que desapareceu de vez. Moomin parecia intrigado:

– Bem, parece que é isso. Ela deve ter chegado a algum lugar muito especial.

Os dois ficaram parados e se olharam, desapontados. Mas, enquanto estavam lá, em pé, uma rajada de vento salgado bateu no rosto deles, e ouviram um leve suspiro bem longe.

– Deve ser o mar! – exclamou Moomin, com um grito de alegria, e começou a correr na direção do vento. Seu coração batia de emoção, pois não há nada que os moomins adorem mais do que um mergulho no mar.

– Espere! – gritou Sniff. – Não me deixe pra trás!

Mas Moomin não parou até chegar à praia. Sentou-se na areia, sério, observando as ondas quebrarem, uma após outra, com sua crista de espuma branca.

Depois de um tempo, Sniff apareceu na beirada do bosque e se juntou a ele.

– Está frio aqui – ele disse. – Por falar nisso, você se lembra de quando navegamos com os Amperinos naquela tempestade horrível, e eu fiquei muito enjoado?*

– Essa é outra história, bem diferente – respondeu Moomin. – Agora, vou nadar. – E correu direto para o mar, sem parar para tirar a roupa (porque, claro, moomins não usam roupas, exceto, às vezes, para dormir).

O macaco-seda tinha descido da árvore e estava sentado na praia arenosa, observando os dois.

– O que vocês estão fazendo? – gritou. – Não estão vendo que está úmido e frio?

– Parece que, agora, conseguimos chamar sua atenção! – exclamou Sniff.

– Verdade. Ouça, Sniff, você sabe mergulhar com os olhos abertos? – perguntou Moomin.

– Não! E não pretendo tentar. Nunca se sabe o que se pode ver lá no fundo. Se você fizer isso, não me culpe se algo horrível acontecer!

---

* Aconteceu em *Os Moomins e o dilúvio*. (N. E.)

– Ah! – disse Moomin, saltando em uma grande onda e nadando entre as bolhas verdes de luz.

Depois foi mais para o fundo e encontrou florestas de algas enrugadas, balançando de leve na correnteza – algas decoradas com lindas conchas brancas e rosa – e, mais no fundo ainda, as águas verdes escureceram, até que ele só conseguiu ver um buraco negro que parecia não ter fim.

Moomin se virou e ganhou velocidade na direção da superfície, onde uma onda grande o carregou direto até a praia. Lá estavam Sniff e o macaco-seda, gritando por socorro na maior altura.

– Pensamos que você tinha se afogado! – disse Sniff. – Ou que um tubarão tivesse comido você!

– Ah! – exclamou Moomin. – Estou acostumado com o mar. Enquanto estava lá embaixo, tive uma ideia, uma boa ideia. Mas me pergunto se um forasteiro deveria ouvi-la – e olhou, sem rodeios, para o macaco-seda.

– Vá embora! – Sniff ordenou. – Isso é particular.

– Oh, por favor, conte! – suplicou o macaco-seda, pois era a criatura mais curiosa do mundo. – Juro que não vou contar pra ninguém.

– Devemos fazê-lo jurar? – perguntou Moomin.

– Bem, por que não? – respondeu Sniff. – Mas tem de ser um juramento de verdade.

– Repita depois de mim – ordenou Moomin. – Que o solo me engula, que bruxas velhas chacoalhem meus ossos secos e que eu nunca mais tome sorvete se não guardar esse segredo com minha vida. Ande.

O macaco-seda repetiu o juramento, mas foi meio descuidado ao fazê-lo, porque não conseguia manter nada na cabeça por muito tempo.

– Bom! – disse Moomin. – Agora, posso contar. Vou caçar pérolas e, depois, vou enterrar todas em uma caixa aqui na praia.

– Mas onde vamos encontrar uma caixa? – perguntou Sniff.

– Vou deixar essa tarefa por sua conta e do macaco-seda – respondeu Moomin.

– Por que eu sempre tenho de fazer as coisas difíceis? – reclamou Sniff, triste. – Você sempre se diverte.

– Você acabou de inaugurar a trilha – disse Moomin. – E, além disso, você não sabe mergulhar. Então, não seja bobo.

Sniff e o macaco-seda partiram para procurar uma caixa ao longo da praia.

– Miserável! Infeliz! – resmungou Sniff. – Ele mesmo podia procurar sua caixa velha.

Eles procuraram um pouco, mas, depois de um tempo, o macaco-seda esqueceu o que estavam fazendo e começou a caçar caranguejos. Havia um que sempre fugia, com seu andar de lado, e se escondia debaixo de uma pedra, e eles só conseguiam ver seus olhos, que pulavam para fora e os seguiam, ameaçadores. Sniff e o macaco o seguiram por muito tempo, até que ele entrou em um buraco na pedra e construiu uma parede de areia à sua volta, para que eles não conseguissem se aproximar.

– Bem, não vamos conseguir pegá-lo de jeito nenhum – disse o macaco-seda. – Venha! Vamos escalar as rochas!

Era uma parte deserta da costa; as rochas eram altas e irregulares. Depois de escalar por um tempo, eles se viram em uma borda estreita acima do mar, com uma parede de pedra escarpada, de um lado, e uma queda acentuada para o mar, do outro.

– Você está com medo demais pra continuar? – perguntou o macaco-seda, que achava tudo aquilo muito fácil, já que tinha quatro patas.

– Nunca tenho medo – respondeu Sniff. – Mas acho que a vista é melhor daqui.

O macaco-seda sorriu, irônico, e saiu, cheio de si, com o rabo levantado. Depois de algum tempo, Sniff ouviu sua gargalhada.

– Ei! – gritou o macaco. – Encontrei uma casa pra mim, e bem boa!

Sniff hesitou por um momento, mas não conseguiu resistir à ideia da casa. (Ele sempre adorou casas em lugares estranhos.) Então, fechou os olhos bem apertados e saiu andando pela borda. Os respingos de água o atingiam, e ele ofereceu uma oração ao Protetor-de-Todas-as-Pequenas-Criaturas. Nunca em sua vida tinha sentido tanto medo, ou tanta coragem, quanto naquele momento, rastejando pela beirada da rocha. De repente, tropeçou no rabo do macaco-seda e abriu os olhos. O macaco estava deitado de bruços, com a cabeça enfiada num buraco no chão, conversando e rindo sem parar.

– Então? – perguntou Sniff. – Onde é a tal casa?
– Aqui dentro! – guinchou o macaco-seda, e desapareceu dentro da rocha.

Sniff viu que era uma caverna, uma caverna de verdade, do jeito que sempre tinha sonhado encontrar. Sua entrada era bem pequena, mas no interior ela se abria em uma área grande. As paredes de pedra subiam suavemente até uma abertura no topo, que deixava a luz do Sol entrar, e o chão era coberto de areia fina e branca.

O macaco-seda correu para uma rachadura em um canto da caverna e começou a farejar e remexer a areia.

– Deve haver muitos caranguejos aqui – gritou.
– Venha me ajudar a procurar!

– Não me perturbe! – disse Sniff, sério. – Esse é o momento mais importante da minha vida até agora, e essa é minha primeira caverna. – Alisou a areia com o rabo e suspirou. "Vou morar aqui pra sempre", pensou. "Vou dependurar umas pequenas prateleiras e cavar um buraco na areia pra dormir, e vou ficar com um lampião aceso durante a noite. E talvez faça uma escada de corda, pra poder subir até o topo e ver o mar. Moomin vai ficar surpreso."

Então, lembrou-se da caça às pérolas de Moomin e da caixa.

– Ouça, macaco-seda – disse –, e a tal caixa? Você acha que Moomin realmente precisa dela?

– Que caixa? – perguntou o macaco-seda, cuja memória era extremamente curta. – Venha! Acho que está começando a ficar chato aqui. – E, num piscar de olhos, estava fora da caverna, voltando ao longo da borda e para a areia, lá embaixo.

Sniff o seguiu devagar. Várias vezes, virou-se e olhou orgulhoso para a caverna. Estava tão cheio de si, que até se esqueceu de ficar com medo da perigosa borda, e ainda estava perdido em pensamentos quando se arrastou pela praia até o lugar onde tinham deixado Moomin caçando pérolas.

Já havia uma fileira de pérolas brilhantes, e, na rebentação, Moomin subia e descia, como uma rolha, enquanto o macaco-seda estava sentado na areia muito ocupado, se coçando.

– Sou o tesoureiro – decidiu ele, sentindo-se importante. – Olhe, já contei essas pérolas cinco vezes, e cada vez chego a um número diferente. Não é esquisito?

Moomin saiu da água com os braços cheios de ostras; trazia várias, até penduradas no rabo.

– Fiuuuu!... – suspirou, balançando a cabeça para tirar as algas dos olhos. – Chega, por hoje. Onde está a caixa?

– Não havia caixas boas na praia – respondeu Sniff. – Mas fiz uma descoberta incrível.

– O que foi? – perguntou Moomin, pois descobertas (junto com trilhas misteriosas, nadar e segredos) eram do que ele mais gostava. Sniff fez uma pausa e em seguida disse, dramático:

– Uma caverna!

– Uma caverna de verdade?! – admirou-se Moomin. – Com um buraco pra gente rastejar pra dentro, paredes de pedra e chão de areia?

– Tudo! – respondeu Sniff, orgulhoso. – Uma caverna de verdade, que eu mesmo encontrei. – E piscou para o macaco-seda, mas ele estava contando as pérolas pela oitava vez e nem se lembrava mais da caverna.

– Isso é sensacional! – exclamou Moomin. – Que notícia maravilhosa! Uma caverna é muito melhor do que uma caixa. Vamos levar as pérolas pra lá agora.

– É exatamente o que eu tinha pensado em fazer – concordou Sniff.

Carregaram as pérolas para a caverna e as organizaram no chão. Depois, deitaram-se de costas, olhando para o céu através do buraco no topo.

– Sabe de uma coisa? – começou Moomin. – Se viajar quilômetros e quilômetros pra cima, no céu, você chega a um lugar onde não é mais azul. É bem preto. Mesmo durante o dia.

– Por que é assim? – perguntou Sniff.

– Porque sim – respondeu Moomin. – E lá em cima, na escuridão, há monstros enormes, como escorpiões, ursos e carneiros.

– Eles são perigosos? – Sniff quis saber

– Não pra nós – tranquilizou-o Moomin. – Eles só agarram umas estrelas de vez em quando.

Sniff ficou pensando profundamente sobre aquilo. Depois de um tempo, pararam de conversar e ficaram deitados, só observando a luz do Sol, que entrava pelo teto, espalhava-se pela areia e se refletia nas pérolas de Moomin.

Era tarde da noite quando Moomin e Sniff voltaram para a casa azul, no vale. O rio corria, quase sem ondulação, sob a ponte, que chamava atenção com sua nova camada de tinta, e Moomin Mãe arrumava conchas ao redor dos canteiros de flores.

– Já jantamos – ela avisou. – É melhor verem o que conseguem encontrar na despensa, queridos.

Moomin dava pulos de alegria.

– A gente estava a pelo menos cem quilômetros daqui! – contou. – Seguimos uma trilha misteriosa, e eu encontrei uma coisa muito valiosa que começa com P e termina com A, mas não posso contar o que é, porque fiz um juramento.

– E eu encontrei uma coisa que começa com C e termina com A! – gritou Sniff. – E, em algum lugar no meio, tem A, V, E, R e N, mas não vou falar mais nada.

– Olhem só! – exclamou Moomin Mãe. – Duas grandes descobertas em um só dia! Agora corram e tratem de jantar, queridos. A sopa está quente no fogão. E não façam muito barulho, porque papai está escrevendo.

Ela continuou arrumando as conchas, uma azul, duas brancas, uma vermelha, e estava ficando realmente lindo. Ela assoviava baixo, para si mesma, e pensou que o ar era de chuva. Um vento se formava, e, de tempos em tempos, uma rajada balançava as árvores, revirando as folhas. Moomin Mãe notou um exército de nuvens se agrupando no horizonte e começando a marchar no céu. "Espero que não haja outro dilúvio", pensou, catando algumas conchas que tinham sobrado, e entrou na casa quando as primeiras gotas de chuva começavam a cair.

Na cozinha, encontrou Moomin e Sniff amontoados em um canto, esgotados pelas aventuras do dia. Esticou uma coberta sobre os dois e sentou-se à janela, para cerzir meias de Moomin Pai.

A chuva batia no telhado e sussurrava lá fora, enquanto, ao longe, gotejava na caverna de Sniff. Bem no interior da floresta, o macaco-seda afundou-se mais ainda em sua árvore oca e enrolou o rabo no pescoço para se manter aquecido.

Tarde da noite, quando todos já tinham ido dormir, Moomin Pai ouviu um barulho queixoso.

Sentou-se na cama e prestou atenção. A chuva escorria pelas calhas, e, em algum lugar, uma veneziana batia ao vento. Em seguida, ouviu-se o barulho de novo. Moomin Pai vestiu seu roupão e foi dar uma olhada pela casa.

Olhou no quarto azul da cor do céu, no amarelo cor de Sol e no de bolinhas, e por toda parte só havia silêncio. Por fim, levantou a trava pesada da porta e olhou lá fora, na chuva. Sua lanterna iluminou uma faixa do caminho, e gotas de chuva cintilaram como diamantes na luz.

– Que raios temos aqui? – exclamou Moomin Pai, pois nos degraus havia algo molhado e infeliz, com olhos pretos e brilhantes.

– Sou Muskarato – disse a pobre criatura, desanimada. – Um filósofo, sabe? Eu só gostaria de dizer que suas atividades de construção da ponte arruinaram completamente minha casa na beira do rio, e, apesar de o que acontece não ter importância, preciso dizer que nem mesmo um filósofo gosta de ficar encharcado.

– Sinto imensamente – desculpou-se Moomin Pai. – Não tinha a menor ideia de que você vivia ali. Por favor, entre. Tenho certeza de que minha esposa pode arrumar uma cama pra você.

– Não sou um grande fã de camas – respondeu Muskarato. – São mobílias desnecessárias, na verdade. Claro que, pra um filósofo, não faz diferença se ele está feliz ou não, mas era um bom buraco... – Depois dessas palavras, que não tinham a intenção de soar indelicadas, ele conseguiu juntar energia suficiente para entrar na casa, onde se sacudiu para tirar a água, e disse: – Que casa extraordinária vocês têm!

– É a casa dos Moomins – informou Moomin Pai, percebendo que conversava com uma pessoa extraordinária. – Eu mesmo a construí em outro lugar, mas ela flutuou até aqui durante o grande dilúvio que tivemos meses atrás. Espero que seja feliz aqui. Acho um ótimo lugar para trabalhar.

– Posso trabalhar em qualquer lugar. – disse Muskarato. – Meu trabalho é só pensar. Sento-me e penso sobre quão desnecessário é tudo.

– Sério? – perguntou Moomin Pai, muito interessado. – Talvez eu possa lhe oferecer uma taça de vinho, pra esquentar?

– Vinho... Eu ia dizer que é desnecessário – respondeu Muskarato –, mas um dedo, de qualquer maneira, não seria má ideia.

Moomin Pai correu até a cozinha e, no escuro, abriu o armário de vinhos. Esticou-se para pegar uma garrafa de vinho de palmeira na prateleira de cima, foi se esticando, esticando, e, de repente, ouviu um terrível estrondo: tinha derrubado uma saladeira. Logo, a casa ganhou vida. Gente gritando, portas batendo, e Moomin Mãe correndo com uma vela na mão.

– Ah, é você! – ela disse, já calma. – Achei que alguém tinha invadido a casa.

– Eu queria pegar o vinho de palmeira – explicou Moomin Pai. – E algum imbecil tinha colocado essa saladeira idiota bem na beirada da prateleira.

– Não tem problema – disse Moomin Mãe. – Foi bom ela ter se quebrado: era tão feia! Suba em um banco, querido, vai ser mais fácil.

Moomin Pai subiu em um banquinho e pegou a garrafa de vinho e três taças.

– Para quem é a terceira taça? – perguntou Moomin Mãe.

– Para Muskarato – respondeu Moomin Pai. – Um grande homem. Ele vai morar aqui, se você concordar, querida. – E chamou Muskarato para entrar e o apresentou a Moomin Mãe.

Eles se sentaram na varanda e brindaram à saúde uns dos outros, e Moomin e Sniff também foram autorizados a descer, apesar de estar no meio da noite. Ainda chovia, e o vento tinha ficado preso na chaminé e uivava, misterioso.

– Morei nesse rio a vida inteira – disse Muskarato. – E nunca vi um tempo assim. Não que isso faça alguma diferença pra mim, claro, exceto que me traz algo novo em que pensar. Seria muito melhor se chovesse no vale quente e seco do outro lado das montanhas. Não precisamos de chuva aqui, com o orvalho pesado que temos todas as manhãs.

– Como sabe como é do outro lado das montanhas, se sempre morou aqui, Tio Muskarato? – perguntou Sniff.

– Uma lontra que nadou por aqui uma vez me contou – Muskarato respondeu. – Eu nunca faço viagens desnecessárias.

– Eu adoro viajar! – gritou Moomin. – Acho que existem poucas coisas desnecessárias. Só comer mingau e tomar banho...

– Psiu, menino! – disse Moomin Mãe. – Muskarato é um homem sábio, que entende de tudo e sabe por que as coisas são desnecessárias. Só espero, como disse, que não haja outro dilúvio.

– Quem sabe? – indagou Muskarato. – Com certeza, tenho sentido algo estranho no ar ultimamente. Tenho tido uns vagos pressentimentos e pensado mais do que o normal. Tanto faz, pra mim, o que vai acontecer, mas tenho certeza: alguma coisa vai acontecer.

– Alguma coisa horrível? – perguntou Sniff, apertando o pijama no corpo.

– Nunca se sabe – respondeu Muskarato.

– Agora, vamos todos pra cama – ordenou Moomin Mãe. – Não é bom pra crianças ouvir histórias assustadoras à noite.

Cada um seguiu para seu canto e foi dormir. Mas, de manhã, as nuvens de chuva ainda desfilavam pelo céu, e o vento solitário uivava entre as árvores azuis.

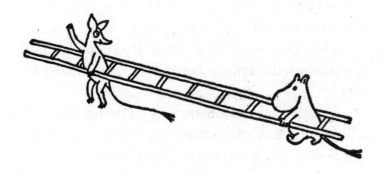

CAPÍTULO 2

Que conta sobre estrelas com cauda.

O dia seguinte estava nublado. Muskarato saiu para o jardim e deitou-se na rede para pensar, e Moomin Pai foi escrever suas memórias no quarto azul. Moomin estava parado na porta da cozinha.

— Mãe, você acha que Muskarato quis dizer alguma coisa em especial, quando mencionou aqueles pressentimentos?

— Não acho que ele quis dizer nada de mais — respondeu Moomin Mãe. — Não se preocupe com isso, querido. Talvez ele só tenha tido calafrios, com toda aquela chuva, e se sentiu estranho. Agora, vá com Sniff e pegue algumas peras das árvores azuis.

Moomin foi, mas estava preocupado e decidiu que mais tarde conversaria com Muskarato sobre aquilo. Ele e Sniff carregaram morro acima a maior escada que conseguiram achar.

— Vamos pra minha caverna? — perguntou Sniff.

– Vamos – respondeu Moomin. – Mais tarde. Primeiro, temos de pegar algumas peras pra mamãe.

Quando chegaram à maior árvore azul, viram o macaco-seda sentado nos galhos, acenando para eles.

– Olá! – ele guinchou. – Que tempo terrível! Minha casa está encharcada, e a floresta inteira está um horror. Vocês vão caçar caranguejos?

– Não temos tempo – respondeu Moomin. – Mamãe vai fazer geleia. E, além disso, temos coisas mais importantes em que pensar.

– Contem! – pediu o macaco-seda.

– Não posso contar pra você, só posso dizer que alguma coisa vai acontecer – assegurou Moomin. – Algo horrível e desnecessário, que ninguém sabe direito o que é. Mas há uma sensação estranha no ar.

– Rá! Rá! – riu o macaco-seda. – Muito engraçado!

– Ah, cale a boca! – exclamou Moomin. – E tente ser útil uma vez na vida.

Era muito divertido catar peras, porque a gente podia jogá-las no chão o mais forte que conseguisse, e elas quicavam como bolas de borracha. Moomin e os outros dois catavam e jogavam e gritavam, e as peras pulavam e quicavam em todas as direções, até que o chão estava coberto delas. O macaco-seda ria até quase cair da árvore.

– Já chega – disse Moomin, sem fôlego. – Não conseguiremos comer esse tanto de geleia em um ano. Agora, vamos rolar todas até o rio: eu vou

pará-las na ponte. Você fica aqui e se encarrega desse lado, macaco-seda, e Sniff fica de olho no transporte aquático.

– Rolar as peras até o rio! – gritou Sniff, animado, e saiu correndo até a margem, enquanto o macaco-seda rolava as peras, uma a uma, ladeira abaixo.

Quando batiam na água, as peras rodopiavam e quicavam sobre as pedras. Sniff corria daqui e dali, cutucando-as com uma vara longa, quando elas ficavam presas no caminho até a ponte, onde Moomin as apanhava e organizava em uma pilha enorme, perto da margem.

Depois de algum tempo, Moomin Mãe saiu de casa com um grande gongo:

– Hora do almoço, crianças! – gritou.

– Bem – disse Moomin, quando ele e Sniff entraram no jardim –, não catamos muitas?

– Com certeza! – exclamou Moomin Mãe. – Nunca vi tantas peras!

– Então, podemos pegar nosso almoço e comer fora? – perguntou Moomin. – No nosso lugar secreto?

– Ah, por favor! – suplicou Sniff. – E precisamos de muita comida, pra nós e pro macaco-seda. E podemos levar limonada também?

– Claro, queridos – respondeu Moomin Mãe, e embalou todo tipo de coisas gostosas, que colocou em uma cesta, junto com uma sombrinha, só para garantir.

O tempo ainda estava feio e cinza quando chegaram à caverna. Moomin tinha ficado calado durante a subida, preocupado com suas pérolas, e logo que passaram pela abertura, gritou, alarmado:

— Alguém esteve aqui!

— Na minha caverna! — gritou Sniff. — Maldito infeliz!

As pérolas, que tinham deixado arrumadas em filas, tinham sido reunidas no centro do chão da caverna, formando um desenho.

— É melhor você contar novamente, de qualquer maneira — disse Moomin para o macaco-seda, que tinha contado todas na praia. — Você é o tesoureiro.

O macaco contou quatro vezes e mais uma vez para dar sorte, mas sempre dava um resultado diferente.

— Quantas havia antes? — perguntou Moomin.

— Não consigo me lembrar — respondeu o macaco-seda —, mas o resultado deu diferente cada vez que contei antes também.

— Oh, não! — exclamou Moomin. — Bom, deve estar certo. Mas quem será que veio aqui?

Os três se sentaram, olhando com tristeza para o desenho de pérolas.

— Isso me lembra alguma coisa — disse Sniff, a certa altura. — Uma estrela, talvez.

— Com uma cauda — completou o macaco-seda.

Sniff olhou para ele, desconfiado.

— Imagino que não foi você que fez isso — disse, lembrando-se muito bem de como o macaco-seda tinha feito os desenhos encaracolados, marcando a trilha misteriosa, em todos os troncos de árvores.

– Poderia ter sido eu – ele disse. – Mas, dessa vez, por acaso, foi outra pessoa.

– Pode ter sido qualquer pessoa – disse Moomin –, mas não importa, agora. Primeiro, vamos comer.

Tiraram da cesta panquecas, sanduíches, bananas e limonada, dividindo em três partes iguais. Houve um silêncio por uns instantes, enquanto comiam, felizes. Depois de terminar, cavaram um buraco e enterraram o papel de embrulho e as cascas de banana. Cavaram outro buraco e enterraram as pérolas. Então, Moomin disse:

– Bom, já comi, já pensei, e está tudo mais claro agora. Essa estrela com cauda deve ser um aviso ou uma ameaça. Talvez alguém esteja com raiva da gente por alguma razão: uma sociedade secreta, por exemplo.

– Você acha que estão aqui por perto? – perguntou Sniff. – É bem provável que estejam com raiva de mim, não é?

– É, especialmente de você – respondeu Moomin. – Tem uma boa chance. Talvez a caverna que você descobriu seja deles.

Sniff ficou muito pálido e sugeriu:

– Talvez a gente devesse ir pra casa.

Ninguém levou sua fala em consideração, claro, e foram até a borda da rocha olhar o mar. Parecia um enorme edredom de seda cinza com flores brancas.

As flores eram gaivotas repousando no mar, com a cabeça para fora da água.

De repente, o macaco-seda começou a rir:

– Olhem! Aquelas gaivotas engraçadas acham que são bordadeiras. Acabaram de formar uma grande estrela!

– Com uma cauda! – exclamou Moomin.

Sniff começou a tremer como vara verde. Em seguida, saiu correndo pela borda, esquecendo-se de que no outro dia tinha tido medo de cair, atravessou a areia e partiu na direção do Vale dos Moomins. No caminho, tropeçou em tufos de grama e raízes, enrolou-se em galhos, caiu de cara no chão, tombou em um riacho e chegou ao vale bastante tonto e exausto. Voou como uma flecha para a casa dos Moomins.

– O que aconteceu agora? – perguntou Moomin Mãe, que estava sentada, mexendo a geleia no fogo.

Sniff se agarrou a ela e escondeu o nariz em seu avental.

– Uma sociedade secreta está me perseguindo – sussurrou. – Eles estão vindo me pegar e...

– Não enquanto eu estiver aqui – respondeu Moomin Mãe. – Ouça, que tal uma panela deliciosa pra lamber?

– Não posso – Sniff choramingou. – Não agora. Talvez, nunca! – Um pouco depois, ele disse: – Bem, talvez só a beiradinha. Enquanto espero.

Quando Moomin chegou, o maior pote de geleia de sua mãe já estava cheio, e Sniff lambia o fundo da panela.

– Hum... – observou Moomin. – Coisas estranhas estão acontecendo.

– O quê, agora? – perguntou Sniff, ansioso, tirando os olhos da panela.

– Nada – respondeu Moomin, que não queria amedrontá-lo mais ainda. – Vou conversar um pouco com Muskarato.

Muskarato ainda estava na rede, pensando.

– Boa tarde, Tio Muskarato! – cumprimentou Moomin. – Você sabe que coisas estranhas começaram a acontecer?

– Nada de novo, de qualquer maneira – respondeu Muskarato.

– Ah, sim! – exclamou Moomin. – Totalmente novas. Há pessoas na floresta fazendo sinais secretos em todos os lugares: ameaças, ou avisos, ou algo assim. Quando o macaco-seda e eu chegamos em casa há pouco, alguém tinha arrumado as peras da mamãe no formato de uma estrela com cauda. – Muskarato olhou para ele com seus olhos pretos e brilhantes, torceu o bigode, mas não disse nada. – Há alguma coisa acontecendo – insistiu Moomin. – As gaivotas formaram a mesma estrela, e os caminhos das formigas na floresta também. Acho que é uma sociedade secreta ameaçando o pequeno Sniff, por vingança.

Muskarato balançou a cabeça.

– Respeito muito suas suposições – disse –, mas você está enganado, completamente, totalmente e sem nenhuma dúvida.

– Ah, bom! Isso é ótimo! – respondeu Moomin.

– Pffff... – recomeçou Muskarato, desanimado. – Claro que não faz nenhuma diferença pra mim, mas preciso admitir que me sinto um pouco contente que minha previsão tenha se concretizado.

– O que quer dizer? – perguntou Moomin. – Que alguma coisa desnecessária vai acontecer?

Muskarato refletia, em silêncio; sua testa estava toda franzida.

– Você sabe o que uma estrela com cauda significa? – perguntou, depois de um tempo.

– Não – respondeu Moomin.

– É um cometa – explicou Muskarato. – Uma estrela brilhante que cruza o espaço negro além do céu, deixando uma trilha de fogo atrás dela.

– Nossa, que louco! – exclamou Moomin. – Ele virá até aqui?

– Ainda não considerei muito esse assunto – respondeu Muskarato. – Talvez ele venha, talvez não. Não faz diferença para uma pessoa que sabe que tudo é desnecessário.

Moomin olhou para o calmo céu cinza e pensou em como ele estava comum, sem nada de diferente.

– Mas, mesmo assim – murmurou –, não estou gostando disso. Não estou gostando nada disso.

– Agora, acho que vou dormir – disse Muskarato. – Vá brincar, minha criança. Brinque o máximo que puder.

Moomin hesitou.

– Só mais uma coisa – disse. – Existe alguma pessoa que saiba um pouco mais sobre os hábitos dos cometas? Alguém que saiba se esse vai bater na Terra ou não?

– Bem, os professores do Observatório nas Montanhas Solitárias devem saber – respondeu Muskarato. – Se é que eles sabem alguma coisa. Mas agora vá embora e me deixe em paz.

Moomin foi embora, perdido em pensamentos.

– O que ele disse? – perguntou Sniff, que esperava num canto. – Era realmente uma sociedade secreta?

– Não – respondeu Moomin.

– Nem um daqueles monstros celestes? – perguntou Sniff, ansioso. – Um escorpião, ou um urso?

– Não, não – respondeu Moomin. – Não se preocupe mais com isso.

– Mas por que você está com essa cara tão séria? – perguntou Sniff.

– Estou pensando – disse Moomin. – Estou pensando em você e eu sairmos em uma expedição que vai ser a mais longa que já fizemos. Vamos encontrar o Observatório nas Montanhas Solitárias e observar as estrelas através do maior telescópio do mundo. E é melhor partirmos o mais rápido possível.

CAPÍTULO 3

Que conta como lidar com crocodilos.

Na manhã seguinte, antes mesmo de estar inteiramente acordado, Moomin sentiu nos ossos que aquele seria um dia especial. Sentou-se, espreguiçando com vontade, e lembrou que aquele era o dia em que ele e Sniff iam começar sua grande expedição. Correu até a janela para checar o tempo. Ainda estava encoberto, com nuvens baixas sobre as montanhas, e nenhuma folha balançava no jardim. Moomin estava tão animado que quase não temia mais o cometa.

"Vamos descobrir onde esse danado está e, depois, tentar impedir que ele chegue aqui", pensou. "Mas é melhor eu não falar nada, porque, se Sniff ficar sabendo de alguma coisa, vai ficar tão assustado que não vai ajudar em nada." E gritou:

– Levante-se, criaturinha!* Vamos começar já.

---

* No primeiro livro da série, *Os Moomins e o dilúvio*, a família ficou conhecendo Sniff, chamado de "criaturinha" até receber um nome, em livros posteriores. (N. E.)

Moomin Mãe tinha se levantado muito cedo para arrumar as mochilas e corria para lá e para cá, com meias de lã e montes de sanduíches, enquanto, perto da ponte, Moomin Pai preparava a jangada.

– Mamãe querida – disse Moomin –, não podemos levar tudo isso. Vão rir da gente.

– É frio nas Montanhas Solitárias –, afirmou Moomin Mãe, enfiando uma sombrinha e uma frigideira na mochila. – Vocês têm uma bússola?

– Temos – respondeu Moomin. – Mas você não pode tirar pelo menos os pratos? Podemos muito bem comer em folhas de alguma planta.

– Como quiser, meu querido Moomin – concordou a mãe, tirando os pratos do fundo da mochila. – Agora, acho que está tudo pronto. – E acompanhou-os até a ponte para se despedir.

A jangada estava pronta, com a vela içada, e o macaco-seda tinha vindo se despedir, recusando-se a ir com eles porque tinha medo de água.

Muskarato não estava presente, pois não queria que nada perturbasse sua contemplação da inutilidade de tudo (e, além disso, estava bastante chateado com Moomin e Sniff, que tinham posto uma escova de cabelo em sua cama).

– Ouçam, não se esqueçam de ficar do lado direito do rio – disse Moomin Pai. – Não me importaria de ir com vocês – acrescentou, triste, pensando nas jornadas de aventuras de sua juventude, com os pequenos Amperinos viajantes.

Todos se abraçaram, a corda foi solta, e a jangada começou a descer o rio.

– Não se esqueçam de dizer que mando lembranças a todos os familiares trols! – gritou Moomin Mãe. – Vocês sabem: os desgrenhados, com cabeças redondas. E vistam a calça de lã quando fizer frio! O remédio pra dor de barriga está no bolso esquerdo da mochila!

Mas a jangada já tinha feito a primeira curva, e à frente deles se abria O Desconhecido, selvagem e atraente.

Era noite. A vela vermelho-ferrugem pendia solta, e o rio deslizava, cinza-prateado, entre as margens sombrias. Nenhum pássaro cantava – até mesmo os tentilhões, que normalmente cantam de manhã e à noite, estavam em silêncio.

– Nenhuma aventura durante todo o dia – reclamou Sniff, que conduzia, agora que a correnteza estava mais calma. – Só margens cinzentas e margens cinzentas e margens cinzentas... e nem uma única aventura!

– Acho uma grande aventura descer um rio sinuoso – disse Moomin. – Nunca se sabe o que vai encontrar na próxima curva. Você está sempre querendo aventuras, Sniff, e, quando elas aparecem, fica com tanto medo que não sabe o que fazer.

– Bem, não sou um leão – respondeu Sniff. – Gosto de aventuras pequenas. Do tamanho certo.

Naquele instante, a jangada flutuou devagar, fazendo uma curva.

– Ali está uma aventura do tamanho certo pra você – disse Moomin, apontando. Bem à frente deles, estava o que parecia uma pilha de grandes toras cinza em um banco de areia – e as toras formavam o desenho misterioso: uma estrela com cauda!

– Lá está de novo! – gritou Sniff.

De repente, as toras começaram a se mover e criaram pernas, e a massa inteira deslizou em silêncio para dentro da água.

– Crocodilos! – exclamou Moomin, saltando para o leme – Vamos torcer pra que não sigam a gente!

O rio parecia estar cheio desses monstros, cujos olhos refletiam um brilho verde pálido na superfície; e outros daqueles assustadores corpos sombrios e cinzentos se arrastavam pela margem lamacenta e entravam na água.

Sniff estava sentado na popa, paralisado de medo, e só se movia quando um crocodilo levantava

o nariz a seu lado: aí, ele batia com força na cabeça do bicho com um remo.

Foi um momento terrível. Rabos batiam na água; bocas gigantes, cheias de dentes finos como agulhas, atacavam, furiosas, e a jangada balançava para cima e para baixo de um modo alarmante.

Moomin e Sniff se agarraram ao mastro e gritaram, pedindo socorro, enquanto a jangada, levada por um pouco de vento que por sorte tinha batido, começou a descer o rio. Os crocodilos a seguiram em uma longa fila, com suas cruéis bocarras abertas.

Sniff cobriu o rosto com as mãos, enquanto Moomin, com tanto medo que mal sabia o que estava fazendo, tirou a calça de lã da mochila e a jogou nos perseguidores.

Isso distraiu na hora os crocodilos. Eles avançaram sobre a calça e brigaram com tanta fúria por ela que, quando cada pedaço tinha sido devorado, Sniff e Moomin já estavam a milhas de lá.

– Puxa vida! – exclamou Moomin. – Está satisfeito com essa aventura?

– Você também gritou – respondeu Sniff.

– Gritei? – perguntou Moomin. – Não me lembro. Enfim, ainda bem que mamãe pôs aquela calça de lã na mochila.

A escuridão estava tomando conta do rio. Eles, então, encostaram a jangada e acenderam uma fogueira entre as raízes de uma grande árvore. Para o jantar, fritaram panquecas, que comiam com as mãos, uma a uma, assim que saíam da frigideira.

Em seguida, entraram nos sacos de dormir, e a noite caiu.

CAPÍTULO 4

Que conta sobre o encontro com Snufkin e a terrível experiência com um lagarto gigante.

Dia após dia, o mundo ficava mais cinzento, mas não chovia. Colunas de nuvens corriam sem parar pelo céu; abaixo delas, a terra silenciava, esperando. Moomin e Sniff flutuavam cada vez para mais longe, rumo ao leste, em sua jangada. Não estavam acostumados a ficar sem sol e foram ficando tristes e calados. Às vezes, jogavam baralho, escreviam um poema ou pescavam um peixe para provisão, mas, na maior parte do tempo, só observavam as margens do rio passarem. De vez em quando, Moomin olhava para as nuvens e se perguntava se veria o cometa, caso elas se separassem. Mas elas nunca se separavam. Frequentemente, ele sentia vontade de contar a Sniff sobre o grande monstro celeste que iam procurar, mas era muito arriscado. Sniff entraria em pânico.

Por três vezes, encontraram os Amperinos, as inquietas criaturinhas brancas que estão sempre viajando de um lugar para outro, em sua busca inútil por algo que ninguém sabe o que é. Uma vez, estavam cruzando o rio em um lugar raso, e, nas outras duas, navegavam em seus barcos pequenos e leves. Pareciam mais inquietos do que o normal, saltando em alta velocidade, mas, como não conseguem ouvir nem falar, nem adiantava Moomin e Sniff dizerem "oi".

As margens pareciam diferentes, agora. Os álamos prateados, as ameixeiras e os carvalhos tinham desaparecido, e árvores escuras, com galhos pesados, erguiam-se sozinhas na areia deserta, enquanto, à distância, montanhas amarelo-acinzentadas subiam íngremes na direção do céu.

– Nossa... – suspirou Moomin. – Esse rio nunca vai chegar ao fim?

– Vamos jogar baralho? – sugeriu Sniff.

Moomin balançou a cabeça:

– Não estou com vontade.

– Então, vou ler seu futuro – Sniff insistiu. – Talvez tenha uma daquelas estrelas da sorte brilhando sobre você.

– Obrigado – disse Moomin, amargo –, mas já estou cansado de estrelas. Com ou sem cauda.

Sniff suspirou fundo e sentou-se, desolado, por um longo tempo, observando a paisagem estranha, com o focinho entre as patas. De repente, seus olhos foram atraídos por algo fora do comum. Parecia uma casquinha de sorvete amarela de cabeça para baixo, e era a primeira coisa colorida que viam em uma semana. Estava lá embaixo, na beirada da água, e tinha o que parecia ser uma bandeira balançando no topo.

Quando Moomin e Sniff se aproximaram, ouviram sons inconfundíveis de música, e música alegre. Esticaram os ouvidos, animados, deixando-se levar vagarosamente para mais perto. Finalmente, puderam ver que era uma barraca, e gritaram de alegria.

A música parou, e de dentro da barraca saiu um snufkin* com uma gaita na mão. Usava um velho chapéu verde, com uma pena, e gritou:

– Olá! Olá, capitão!

Moomin agarrou o leme, e a jangada virou na direção da terra.

– Joguem a corda! – gritou snufkin, pulando para baixo e para cima. – Puxa! Que legal! Percorreram esse caminho todo só pra me ver?

– Bem, não exatamente... – começou Moomin, descendo, desajeitado, até a terra firme.

– Não importa! – respondeu Snufkin. – O principal é que vocês estão aqui. Vão passar a noite, não vão?

– Adoraríamos – respondeu Moomin. – Não vemos uma alma viva desde que saímos de casa, e isso foi há séculos. Por que diabos você vive aqui nesse deserto?

---

* Em sueco, algo como "velho homem que fala muito; velho esquisito, desalinhado, boêmio". (N. E.)

— Sou um andarilho, e vivo por toda parte – respondeu Snufkin. – Ando por aí e, quando encontro um lugar que me agrada, armo minha barraca e toco minha gaita.

— Você gosta desse lugar? – perguntou Sniff, surpreso, olhando para a desolação ao redor deles.

— Com certeza – respondeu Snufkin. – Olhem aquela árvore cor de veludo preto, com lindas colorações cinza; olhem à distância as montanhas, de um vermelho-púrpura profundo! E, às vezes, um grande búfalo azul vem olhar seu reflexo no rio.

— Por um acaso, você não é um... é... pintor? – perguntou Moomin, bastante tímido.

– Ou talvez um poeta? – sugeriu Sniff.

– Sou tudo! – disse Snufkin, pondo a chaleira no fogo. – E vocês são exploradores, pelo que vejo. O que estão tentando descobrir?

Moomin limpou a garganta, sentindo-se muito orgulhoso.

– Ah, tudo – respondeu. – Estrelas, por exemplo!

Snufkin ficou muito impressionado.

– Estrelas! – exclamou. – Então, devo ir com vocês. Estrelas são minha coisa favorita. Sempre me deito e fico observando-as, antes de dormir, e me pergunto quem está nelas e como se chega lá. O céu parece tão cordial, com todos aqueles olhinhos piscando.

– A estrela que estamos procurando não é tão amigável – disse Moomin. – Na verdade, é bem o contrário.

– O que você disse?! – perguntou Sniff.

Moomin ficou um pouco vermelho:

– Quero dizer, estrelas em geral – corrigiu –, grandes, pequenas, amigáveis, hostis e tudo o mais.

– Existem estrelas hostis? – perguntou Snufkin.

– Sim, as com cauda – respondeu Moomin. – Cometas.

Finalmente, Sniff percebeu que algo estava acontecendo.

– Você está escondendo alguma coisa de mim! – disse, inquisitivo. – Aquele desenho que vimos por toda parte, e você falou que não significava nada!

– Você é muito pequeno pra ficar sabendo de tudo – respondeu Moomin.
– Muito pequeno? – gritou Sniff. – Tenho de dizer que não é nada legal me trazer em uma expedição de exploração e não me contar o que eu estou procurando!
– Não leve as coisas tão a sério – disse Snufkin. – Sente-se, Moomin, e nos conte tudo sobre essa história.
Moomin pegou a xícara de café que Snufkin tinha lhe dado, sentou-se e começou a contar tudo o que Muskarato tinha dito.
– Então, perguntei a papai se cometas eram perigosos – continuou – e papai disse que sim. Que eles correm como loucos no espaço vazio e negro, além do céu, arrastando uma cauda em chamas. Todas as outras estrelas se mantêm em seus cursos e avançam como trens sobre trilhos, mas os cometas podem ir a qualquer lugar: aparecem aqui e ali, e onde você menos espera.

– Como eu – disse Snufkin, rindo. – Devem ser andarilhos do céu!

Moomin olhou para ele com ar de reprovação:

– Isso não é piada. Seria horrível se um cometa trombasse com a Terra.

– O que aconteceria? – sussurrou Sniff.

– Tudo explodiria – respondeu Moomin, triste.

Houve um longo silêncio.

Depois, Snufkin disse bem devagar:

– Seria terrível se a Terra explodisse. Ela é tão linda!

– E a gente? – perguntou Sniff.

Moomin estava se sentindo muito mais corajoso, agora que tinha compartilhado o segredo com os outros. Ele se endireitou e disse:

– É por isso que vamos procurar o Observatório nas Montanhas Solitárias. Eles têm o maior telescópio do mundo, e vamos poder descobrir se o cometa vai trombar com a Terra ou não.

– Que tal a gente levar minha bandeira conosco? – sugeriu Snufkin. – Podemos colocá-la no topo do mastro de sua jangada.

Todos olharam para a bandeira.

– O azul na parte de cima é o céu – continuou Snufkin –, e o azul embaixo é o mar. A linha no meio deles é uma estrada; a bolinha à esquerda sou eu, no presente, e a bolinha à direita sou eu no futuro. Vocês concordam?

– Seria quase impossível pôr mais coisas em uma bandeira – disse Moomin. – Nós concordamos, claro!

– Mas eu não estou nela – protestou Sniff.

– A bolinha à esquerda pode ser todos nós, vistos bem do alto – disse Snufkin, gentilmente. – E, agora, acho que podemos explorar um pouco as redondezas, antes do jantar.

E partiram, subindo com cuidado por entre as rochas e a vegetação baixa e espinhenta.

– Só quero mostrar pra vocês uma fenda cheia de pedras chamadas "granadas" – disse Snufkin. – Essas pedras não ficam tão lindas nessa luz fraca, mas, quando o Sol brilha, vocês têm de ver como reluzem.

– São verdadeiras? – perguntou Sniff.

– Isso eu não sei dizer – respondeu Snufkin. – Mas, de qualquer maneira, são maravilhosas.

Ele guiou os novos amigos por uma passagem silenciosa e deserta, na luz fraca do final da tarde, e todos falando baixinho. De repente, Snufkin parou.

– Aqui – disse, em voz baixa.

Os três se abaixaram e olharam. No fundo de uma fenda profunda e estreita, inúmeras granadas brilhavam suavemente na escuridão, e Moomin se lembrou do espaço negro além do céu, com milhares de cometas cintilando.

– Oh!... – sussurrou Sniff. – Que lindo! São suas?

– Enquanto eu viver aqui, sim – respondeu Snufkin, despreocupado. – Sou o rei de tudo o que contemplo. O mundo inteiro é meu.

– Você acha que eu poderia pegar algumas delas? – perguntou Sniff, ávido. – Devo conseguir comprar um iate com elas, ou um par de patins. – E, quando Snufkin riu e falou para ele pegar quantas quisesse, Sniff imediatamente saltou para dentro da fenda e começou a descer pelas paredes.

Ele arranhou o nariz e quase escorregou, mas a ideia das granadas lhe deu coragem: finalmente, com um suspiro profundo e as mãos tremendo, começou a catar as pedras brilhantes. A pilha aumentava cada vez mais, à medida que ele corria, agitado de tanta animação, indo cada vez mais longe ao longo da fenda.

– Ei! – gritou Snufkin lá do topo. – Você vai demorar a subir? Está esfriando, e o sereno começa a cair.

– Só um minuto – Sniff gritou de volta. – Ainda há muitas aqui... – E se afastou, pois tinha visto duas grandes pedras vermelhas, brilhando como olhos, bem no final escuro da fenda.

De repente, para seu pavor, ele percebeu que eram olhos: olhos que piscavam e se moviam e se aproximavam, seguidos de um corpo coberto por escamas que raspavam nas pedras.

Sniff soltou um grito apavorado e correu como um louco para o ponto onde tinha descido. Tremendo inteiro, começou a escalar: suas mãos estavam úmidas de medo, enquanto, abaixo dele, ouvia-se um sibilar ameaçador.

– O que aconteceu? – perguntou Moomin, que o ouviu subindo. – Por que toda essa pressa?

Sniff não respondeu, só continuou subindo. E quando finalmente o puxaram sobre a beirada da fenda, desabou no chão, exausto.

Moomin e Snufkin se debruçaram e olharam para baixo. O que viram era suficiente para amedrontar qualquer um: era um lagarto gigante, aninhando-se sobre uma pilha de granadas brilhantes, como um dragão medonho guardando seu maravilhoso tesouro.

– Puxa vida! – exclamou Moomin.

Sniff estava em prantos, no chão.

– Já passou – acalmou-o Snufkin. – Não chore mais, Sniff.

– As granadas... – Sniff lamentou-se. – Não peguei nem uma!

Snufkin sentou-se a seu lado e disse, carinhoso:

– Eu sei, mas é isso que acontece quando começamos a querer ter coisas. Eu, agora, só olho pra elas, e, quando vou embora, levo-as na mente. Assim, minhas mãos estão sempre livres, porque não tenho de carregar malas.

– Eu ia pôr as granadas na mochila – disse Sniff, triste. – Não preciso de mãos pra carregar a mochila. Não é a mesma coisa que só olhar pra elas, de jeito nenhum. Quero tocar nelas e saber que são minhas.

– Não se preocupe, Sniff. Tenho certeza de que vamos encontrar outros tesouros – disse Moomin, tentando confortá-lo. – Agora, anime-se e vamos embora. Está ficando frio e assustador aqui.

Voltaram pelo desfiladeiro escuro, cada um perdido em seus pensamentos: três criaturinhas sombrias.

CAPÍTULO 5

Que conta sobre o rio subterrâneo e sobre o resgate por Hemulen.

Snufkin trouxe alegria à expedição. Ele tocava em sua gaita músicas que Moomin e Sniff nunca tinham ouvido, músicas de todos os cantos do mundo, fazia truques com cartas de baralho, ensinava-os a fazer panquecas de figo e contava várias de suas estranhas e maravilhosas aventuras.

O rio também parecia mais vivo: estava mais estreito e corria rápido e forte, formando redemoinhos ao redor das pedras, entre as altas margens.

A cada dia, as montanhas azuis e roxas ficavam mais próximas: eram tão altas que seus picos desapareciam entre as nuvens pesadas.

Uma manhã, Snufkin sentou-se com as pernas balançando na água, enquanto esculpia um apito.

– Eu me lembro... – começou, virando o rosto, e Moomin e Sniff logo esticaram os ouvidos. – Eu me lembro da terra das fontes termais. O chão era coberto de lava, e de debaixo da lava vinha um estrondo contínuo. (Era a Terra se revirando durante o sono.) Havia pedras espalhadas por toda parte, e tudo parecia estranho e irreal, na atmosfera quente e úmida. Cheguei lá à noitinha. Não demorei muito pra cozinhar o jantar, só tive de encher uma panela com água da fonte. Tudo era borbulhante e fumegante, e não vi um ser vivo, nem mesmo um raminho de grama.

– Não queimou os pés? – perguntou Sniff.

– Eu andava com pernas de pau – respondeu Snufkin. – Eram ótimas pra escalar, e não sei o que teria feito sem elas, quando a Terra, que tinha estado dormindo, de repente, acordou! Houve um grande estrondo e rugidos, e uma cratera se abriu bem na minha frente, soltando chamas vermelhas e enormes nuvens de cinzas.

– Um vulcão! – exclamou Moomin, e prendeu a respiração.

– Sim – respondeu Snufkin. – Foi horrível, mas foi lindo também. Depois, vi os espíritos de fogo, muitos deles, saindo da Terra em bandos e voando ao redor, como faíscas. Claro que tive de dar uma volta pra ultrapassar o vulcão. Estava muito quente, então fui o mais rápido que as pernas de pau conseguiram me levar. Na metade do caminho pela montanha, encontrei um pequeno rio e parei pra beber água. (A água não estava fervendo naquele riacho, sabe?) E um dos pequenos espíritos de fogo flutuou rio abaixo. Ele já estava quase extinto, mas teve força suficiente pra gritar pra que eu o salvasse.

– E você o salvou? – perguntou Sniff.

– Ah, salvei. Eu não tinha nada contra a criatura – respondeu Snufkin. – Mas me queimei nele.

Logo, ele estava em terra firme de novo e, rapidamente começou a arder normalmente Ele ficou muito grato, claro, e me deu um presente antes de voar e ir embora.

– O que era? – perguntou Sniff, muito animado.

– Um vidro de protetor solar subterrâneo – respondeu Snufkin. – É o que os espíritos de fogo usam, quando vão descer até o coração ardente da Terra.

– E você pode atravessar o fogo, se estiver usando esse protetor? – perguntou Sniff, com os olhos esbugalhados de espanto.

– Claro que posso! – respondeu Snufkin.

– Por que você não disse isso antes? – gritou Moomin. – Agora, todos estamos salvos. Quando o cometa vier, nós só...

– Mas não sobrou quase nada – interrompeu Snufkin, triste. – Eu usei quase tudo em algumas viagens no deserto e, depois, quando resgatei umas coisas de uma casa pegando fogo. Eu não sabia... Só tem um restinho no vidro.

– Talvez tenha o suficiente para uma criaturinha do tamanho... por exemplo... do meu tamanho? – perguntou Sniff.

Snufkin olhou para ele.

– Talvez. Mas não para o seu rabo. Ele não vai se salvar.

– Oh, socorro! – Sniff exclamou. – Então, prefiro ser queimado por inteiro.

Mas Snufkin não estava ouvindo. Ele se sentou com a testa franzida, olhando para o rio.

– Ouçam – pediu –, estão notando alguma coisa diferente?

– O rio está com um barulho diferente – observou Sniff.

Era verdade. Ouvia-se um terrível ruído, e a água circulava e formava redemoinhos entre as costas rochosas.

– Abaixem a vela – ordenou Snufkin, avançando para vigiar.

O rio corria mais rápido do que nunca, como uma pessoa que saiu em uma longa viagem e de repente percebe que está atrasada para chegar em casa para o jantar. As margens se aproximavam, espremendo a água espumante em uma vala estreita, e as rochas elevavam-se sobre elas, cada vez mais altas e íngremes.

– Não seria melhor se a gente encostasse? – gritou Sniff, mais alto do que o barulho da água.

– Agora é tarde demais! – Moomin gritou de volta. – Temos de continuar até que o rio se acalme.

Mas ele não se acalmou. A jangada avançou descontroladamente através das Montanhas Solitárias, cujas paredes pretas e molhadas, de ambos os lados do rio, se aproximavam, e a tira de céu à vista ficava cada vez mais estreita.

Em algum lugar à frente deles, ouvia-se um estrondo amedrontador.

– É uma cachoeira! – gritou Snufkin. – Segurem-se bem!

Os três se agarraram ao mastro e fecharam os olhos. Houve uma pancada, um estrondo e muita água esparramada... Depois, tudo ficou calmo: eles tinham passado pela cachoeira.

– Puxa vida! – exclamou Moomin.

Estava bastante escuro ao redor, exceto por algumas manchas de espuma verde-esbranquiçada, e, quando seus olhos se acostumaram à escuridão, viram que as paredes da montanha tinham se fechado completamente sobre eles: estavam em um túnel!

O túnel se estendia à frente deles, cada vez mais estreito. Parecia um pesadelo, e, apesar de a água estar mais calma agora, a escuridão era terrível.

– Esse não era exatamente o nosso plano – disse Moomin. – Parece que estamos descendo pro interior da Terra, em vez de subir pro topo das montanhas...

Todos perceberam a verdade daquela observação e ficaram lá, sentados, em um silêncio sombrio. Depois, Snufkin disse:

– A gente podia escrever um poema sobre isso. Que tal:

Flutuando por essa água misteriosa
Longe do concreto da cidade raivosa

– *Vi uma sereia, não pesquei-la, Nossa!* – sugeriu Sniff, assoando o nariz.

– Isso não dá: a gramática está errada, e nem rima direito! – reclamou Snufkin, e o assunto morreu.

O túnel fez uma ou duas curvas, ficando ainda mais escuro e estreito, e de vez em quando a jangada trombava nas paredes. Os três seguraram as mochilas e esperaram. De novo, houve uma pancada, e dessa vez o mastro foi derrubado.

– Snufkin – disse Moomin, em voz muito baixa –, você sabe o que isso significa, certo?

A abóboda sobre eles tinha ficado mais baixa – ou o nível da água tinha subido. Logo ela iria encher todo o túnel.

– Jogue o mastro na água! – gritou Snufkin, agarrando sua preciosa bandeira. – Ele não vai servir pra nada, agora.

Houve outro longo momento de espera silenciosa.

Tinha começado a ficar um pouco mais claro, e eles conseguiam ver os rostos brancos uns dos outros.

De repente, Sniff gritou:

– Ai, minhas orelhas encostaram no teto! – E se jogou na jangada, com um guincho assustado.

– O que mamãe vai dizer – disse Moomin –, se a gente nunca voltar pra casa?

Exatamente nesse momento, a jangada parou com um baque, e todos caíram, amontoados.

– Estamos encalhados – gritou Sniff.

Snufkin se inclinou sobre a beirada e olhou.

– O mastro está nos prendendo – observou. – Ele está atravessado no túnel.

– Olhem do que escapamos! – disse Moomin, com a voz trêmula.

À frente deles, o rio desaparecia em borbulhas, descendo por um buraco negro diretamente para dentro da Terra!

– Já me cansei de viagens de exploração – disse Sniff, choroso. – Quero ir pra casa! Acho que vamos ter de ficar sentados aqui, jogando baralho o resto da vida...

– Criaturinha boba – resmungou Snufkin –, logo agora que vamos ser salvos por nada menos do que um milagre! Olhe lá em cima!

Sniff olhou e viu, através de uma fresta na rocha acima deles, uma pequena faixa de céu nublado.

– Bem, eu não sou um pássaro – comentou, triste. – E, além disso, tenho ataques de tontura (porque

tive uma inflamação nos ouvidos quando era muito pequeno). Então, como eu poderia chegar lá em cima?

Mas Snufkin pegou a gaita e tocou sua música de aventura mais feliz (não a aventura do-tamanho-exatamente-certo, mas uma excelente, maravilhosa), sobre resgates e surpresas e raios de sol. Moomin começou a assoviar o refrão (ele não sabe cantar, mas assovia muito bem), e, no final, Sniff foi obrigado a se juntar a eles, com seu chiado em falsete. A canção estava um pouco desafinada, mas era bem alegre. Ela ecoou no túnel e passou pela fresta no teto, até que acordou um hemulen* que dormia lá em cima, com sua rede de caçar borboletas ao lado.

– O que será isso? – perguntou-se Hemulen, assustado. Olhou para o jarro onde todas as pequenas criaturas que tinha capturado estavam presas, mas não foram os insetos que fizeram o barulho: ele tinha vindo direto do chão.

– Impressionante! – admirou-se Hemulen, e deitou-se para escutar. – Deve haver uma lagarta rara que faz esse barulho. Tenho de encontrá-la.

E começou a rastejar, fungando e farejando com seu longo nariz, até que chegou ao buraco no chão onde o barulho estava mais alto. E enfiou o nariz no buraco o máximo que conseguiu, mas não viu nada

---

* Os hemulens são seres que costumam colecionar alguma coisa e não se preocupam com mais nada a não ser sua coleção. Em geral, são mandões, autoritários, mas bem-intencionados. (N. E.)

na escuridão. No entanto, o grupo lá embaixo viu sua sombra atravessar a luz, e sua canção se transformou em um grito desesperado.

– Essas lagartas devem ter ficado malucas – Hemulen falou consigo mesmo, enfiando a rede pelo buraco.

Claro que Moomin e os outros não perderam tempo: pularam na rede com seus pertences, e, quando Hemulen puxou a pesada carga, ficou impressionado ao ver três criaturas muito estranhas, piscando à luz do dia.

– Extraordinário! – observou.

– Muito obrigado – disse Moomin, o primeiro a se recompor. – Você nos salvou na hora certa.

– Eu os salvei? – interrogou Hemulen, surpreso. – Não foi minha intenção. Estava procurando as lagartas que faziam tanto barulho lá embaixo. (Hemulens normalmente são meio lentos para entender uma ideia, mas são muito agradáveis, se você não os incomoda.)

– Nós estamos nas Montanhas Solitárias? – perguntou Sniff.

– Não faço ideia – informou Hemulen. – Mas há muitas mariposas interessantes aqui.

– Acho que essas devem ser as Montanhas Solitárias – opinou Snufkin, observando as pilhas enormes de rochas sem fim, desertas e silenciosas, que se elevavam por todos os lados. O ar estava frio.

– E onde fica o Observatório? – perguntou Sniff.

– Vamos procurá-lo – respondeu Moomin. – Acho que fica no pico mais alto. Mas, antes, quero tomar um café.

– A chaleira ficou na jangada – lembrou Snufkin.

Moomin adorava café, e logo correu até a beirada do buraco e olhou para baixo.

– Oh, não! – lamentou. – A jangada foi embora, e imagino que tenha descido por aquele buraco horrível.

– Não tem problema. Não estamos nela – disse Snufkin, alegre. – O que é uma chaleira aqui, outra ali, quando se está procurando um cometa?

– São muito incomuns? – perguntou Hemulen, que achou que ainda estavam falando sobre mariposas.

– Bem, sim, acho que você poderia dizer que são até raros – respondeu Snufkin. – Aparecem cerca de uma vez a cada cem anos.

– Não! – exclamou Hemulen. – Então, tenho de pegar um. Como são?

– Provavelmente, vermelhos. Com uma longa cauda – respondeu Snufkin.

Hemulen pegou um caderno e anotou a informação.

– Deve ser da família *Snufsigalonica* – disse, sério. – Mais uma pergunta, meus sábios amigos, do que esse inseto impressionante se alimenta?

– De hemulens – respondeu Sniff, rindo.

O rosto de Hemulen ficou vermelho.

– Criaturinha – ele disse, firme –, isso não tem nenhuma graça. Vou embora, agora; com sérias dúvidas sobre seu conhecimento científico. – E pôs seus jarros nos bolsos, pegou a rede de caçar borboletas e saiu.

Sniff se dobrou de tanto rir, quando Hemulen se afastou e já não podia escutá-lo.

– Que engraçado! – explodiu. – O velhinho achou que a gente estava falando sobre um inseto ou algo assim.

– Não está certo desrespeitar pessoas mais velhas – disse Moomin, severo, sem, no entanto, conseguir manter uma cara muito séria.

Mas estava ficando tarde. Então, descobriram qual era a montanha mais alta e partiram na direção dela.

CAPÍTULO 6

*Que conta sobre a aventura com a águia
e a descoberta do Observatório.*

Já estava de noite. As montanhas antigas erguiam-se até o céu, com suas cabeças sonhadoras perdidas na névoa, e a névoa rodopiava, em frias faixas branco-acinzentadas, nos abismos e vales entre elas. Uma repentina brecha no intenso vapor revelou, mais uma vez, um sinal ameaçador do cometa, feito por uma mão desconhecida numa parede íngreme da rocha.

Logo abaixo de um dos picos, era possível avistar um pontinho solitário de luz, e um olhar mais atento revelaria que era uma pequena barraca de seda amarela, iluminada no interior. Da barraca vinha o som da gaita de Snufkin, mas, naquele lugar deserto, o som realmente era estranho. Tão estranho que uma hiena, a certa distância, levantou o focinho e uivou do jeito mais triste desse mundo.

Pelo menos um dos habitantes da barraca ficou com os cabelos em pé, de tanto susto:

– O que foi isso? – perguntou Sniff, num sobressalto.

– Ah, nada pra você se preocupar – Snufkin o acalmou. – Ouça, que tal uma história? Já contei pra vocês sobre os snorks que encontrei há uns meses?

– Não – respondeu Moomin, ansioso. – O que são snorks?

– Você não sabe mesmo o que é um snork?! – perguntou Snufkin, surpreso. – Eles devem ser da mesma família que você, acho, porque são parecidos, só que normalmente não são brancos. Podem ser de qualquer cor do mundo (igual a ovos de Páscoa) e mudam de cor quando estão chateados.

Moomin parecia muito bravo.

– Mesmo? – disse. – Nunca ouvi falar dessa parte da família. Um moomintrol de verdade é sempre branco. Mudar de cor? Que ideia!

– Bem, de todo modo, esses snorks se parecem muito com você – disse Snufkin, calmo. – Um era verde-claro, e o outro, roxo. Eu os conheci na época em que fugi da prisão... Mas talvez você não queira ouvir essa história.

– Ah, sim! Queremos sim! – gritou Sniff, mas Moomin só resmungou.

– Bem, foi assim – começou Snufkin. – Eu tinha apanhado um melão para o jantar. Havia um campo cheio deles, sabe?, e achei que um a mais, um a menos não fosse fazer diferença. Mas, no instante em que cravei meus dentes nele, um velho medonho e antipático saiu de uma casa lá perto e começou a gritar comigo. Escutei por um tempo e, depois, comecei a me perguntar se ouvir tantos palavrões estava me fazendo algum bem. Então, comecei a rolar o melão (que era muito grande e pesado) pelo caminho à minha frente, assoviando, pra não ouvir o que o velho estava dizendo. Ele gritou que a polícia iria atrás de mim, mas fiz um muxoxo de desdém, pra mostrar que não tinha nenhum medo da polícia.

– Como você teve coragem? – perguntou Sniff, com profunda admiração.

– Realmente, não sei – respondeu Snufkin. – Mas agora vocês têm de ouvir: aquele velho medonho era da polícia! E, depois de correr pra dentro de casa e pegar seu uniforme, começou a me perseguir. Eu corri e corri, e o melão rolou e rolou, até que, no final, estávamos indo tão rápido, que eu não sabia quem era o melão e quem era eu.

– E foi assim que você acabou na prisão, imagino – disse Moomin. – Imagino que foi lá que você conheceu as tais criaturas; você as chamou de snorks, certo?

– Não me interrompa! – disse Snufkin. – Eu só ia contar como minha cela era gelada e horrível, com ratos e aranhas. Eu encontrei os snorks fora da cadeia, depois que fugi, em uma noite sem Lua.

– Você escalou pela janela, com uma corda feita com seus lençóis? – perguntou Sniff.

– Não, eu cavei um caminho pra fora com um abridor de latas – explicou Snufkin. – Duas vezes eu botei a cabeça pra fora cedo demais: uma, bem atrás de um guarda, e outra, logo antes das paredes da prisão. Mas voltei e comecei a cavar de novo, e, na terceira vez, saí em um campo. Dessa vez eram nabos, e não melões, infelizmente. O snork e sua irmã estavam pescando pequenos peixes, com seus rabos, em um riacho lá perto.

– Eu nunca pensaria em pescar com meu rabo – disse Moomin. – As pessoas devem respeitar seus rabos. O que você fez depois disso?
– Ah, nós comemoramos minha fuga com peixes e vinho de prímula por muitas horas – respondeu Snufkin. – E como era bonita a irmã dele, Miss Snob, verde-claro! Tinha olhos azuis e era coberta por uma linda penugem macia. Sabia tecer tapetes de grama e fazer chás de ervas, se alguém tivesse dor de barriga. Ela sempre usava uma flor atrás da orelha e, ao redor do tornozelo, um pequeno aro dourado.
– Pffff... Mulheres... – zombou Moomin. – Essa foi uma história ridícula. Não aconteceu nada interessante?
– Minha fuga da prisão não foi interessante? – perguntou Snufkin, e continuou a tocar sua gaita.
Moomin fungou mais uma vez, depois se enfiou no saco de dormir e virou o nariz para a parede.

Mas, naquela noite, sonhou com a pequena Miss Snob, que se parecia com ele: tinha dado a ela uma rosa para pôr atrás da orelha.

De manhã, ele se sentou, murmurando para si mesmo "Que tolice!".

Os outros já tinham começado a desmontar a barraca, e Snufkin afirmou que naquele dia eles alcançariam o pico mais alto.

– Mas como você sabe que o Observatório é exatamente naquele pico? – perguntou Sniff, esticando o pescoço para tentar ver o topo, sem sucesso, pois ele estava coberto pelas nuvens.

– Bem – respondeu Snufkin. – É só você olhar pro chão, bem aqui. Está cheio de pontas de cigarro, que, claro, foram jogadas pelas janelas por cientistas distraídos lá em cima.

– Ah, entendi – respondeu Sniff, parecendo meio frustrado e desejando ele mesmo ter notado as pontas de cigarro.

Começaram a subir com dificuldade por um pequeno caminho tortuoso, amarrados uns nos outros com uma corda, para garantir.

– Não se esqueçam de que eu avisei – gritou Sniff, que era o último da fila. – Não me culpem se algo horrível acontecer conosco.

Mais e mais alto, mais e mais difícil de escalar.

– Fiuuu! – assoviou Moomin, secando o suor da testa. – E mamãe disse que era frio aqui! Ainda bem que os crocodilos comeram minha calça de lã...

Pararam e olharam para o vale lá embaixo, sentindo-se muito pequenos e solitários entre as vastas montanhas vazias. O único ser vivo que podia ser visto era uma águia, circulando muito acima deles, com as grandes asas abertas.

— Que pássaro enorme! — exclamou Sniff. — Sinto pena dele, sozinho neste lugar.

— Deve haver uma Senhora Águia por aí, e talvez alguns bebês águia também — disse Snufkin.

O pássaro pairava acima deles, virando a cabeça e o forte bico curvado de um lado para o outro, quando, de repente, parou, equilibrando-se nas asas estendidas.

— O que será que ele está planejando? — perguntou Sniff.

— Não estou gostando do jeito dele — disse Moomin, preocupado.

— Talvez... — começou Snufkin, mas não continuou, exceto para gritar, assustado: — Cuidado, ele vai atacar!

Os três se jogaram contra as rochas, procurando desesperadamente um lugar para se esconder.

Com uma batida rápida de asas, a águia mergulhou na direção deles, que se espremeram para dentro de uma rachadura na rocha e se seguraram, aterrorizados e indefesos. A águia estava em cima deles!

Foi como um redemoinho. Em um segundo, estavam cercados pelas enormes asas, que batiam de encontro à montanha, e, no instante seguinte, havia silêncio total.

Tremendo que nem varas verdes, deram uma olhada para fora do esconderijo e viram a águia planando em grandes semicírculos, abaixo deles. Depois de um tempo, ela subiu e desapareceu entre o topo das montanhas.

– Está com vergonha por não ter pegado a gente – disse Snufkin. – Águias são muito orgulhosas. Ela não vai tentar de novo.

Sniff estava contando nos dedos.

– Os crocodilos, o lagarto gigante, a cachoeira, o túnel subterrâneo, a águia. Cinco experiências horríveis. Está começando a ficar sem graça!

– A maior aventura de todas ainda está por vir – disse Moomin. – O cometa. – Todos olharam para cima, para as pesadas nuvens cinza. – Seria bom se a gente conseguisse ver o céu – ele continuou, bastante nervoso. – Venham. Vamos recomeçar!

À tarde, eles tinham escalado tão alto, que atingiram às nuvens, e o caminho estava escorregadio e perigoso. Véus úmidos de névoa giravam em torno deles. Estavam morrendo de frio (Moomin lembrou-se, saudoso, de sua calça de lã) e completamente cercados por um terrível vazio flutuante.

– Eu sempre achei que nuvens fossem macias como lã e um lugar agradável para se estar – disse Sniff, espirrando. – Urgh! Estou começando a me arrepender de ter vindo a essa expedição.

De repente, Moomin ficou imóvel.

– Esperem! – disse. – Há alguma coisa brilhando. Uma luz... ou é um diamante?...

– Um diamante! – gritou Sniff, que adorava joias.

Moomin avançou, puxando os outros atrás dele pela corda.

– É uma pequena pulseira de ouro – afirmou, enfim.

– Cuidado! – gritou Snufkin. – Está bem na beirada do precipício!

Mas Moomin não estava ouvindo. Ele se arrastou devagar na direção da beirada e se esticou para pegar a pulseira. Snufkin e Sniff seguraram a corda

com força, e Moomin se arrastou um pouco mais para baixo, até que, finalmente, alcançou a argola de ouro.

– Você acha que pode ser da Miss Snob? – perguntou.

– Sim, é dela – respondeu Snufkin, com um suspiro. – Parece que ela caiu da beirada do precipício. Tão jovem, e tão linda...

Moomin ficou muito abatido para falar, e continuaram seu caminho.

A névoa começava a se desfazer, e estava mais quente.

Eles pararam em uma borda da montanha para descansar e olharam em silêncio a bruma cinza que rodopiava ao redor. De repente, ela se dividiu e deslizou para longe, até que, enfim, os três cansados viajantes conseguiram ver onde estavam – e o que viram os deixou sem fôlego! A seus pés, havia um mar de nuvens tão macias e lindas, que tiveram vontade de avançar, saltar e dançar nelas.

– Agora, estamos acima das nuvens – disse Snufkin, sério, e todos se viraram para olhar para o céu, que tinha estado escondido por tanto tempo.

– Olhem – sussurrou Sniff, aterrorizado. O céu não estava mais azul: estava vermelho-claro!

– Talvez seja o pôr do Sol – disse Snufkin, em dúvida.

Mas Moomin parecia muito sério:
– Não. Dessa vez é o cometa. Está a caminho da Terra.

Bem no topo do pico irregular, acima deles, estava o Observatório. Lá dentro, cientistas faziam milhares de observações extraordinárias, fumavam milhares de cigarros e viviam sozinhos com as estrelas.

Os três subiram até lá em silêncio, e Moomin abriu a porta. Uma escada os levou à soleira de uma

sala com pé-direito alto e teto de vidro. No centro da sala, havia um telescópio gigante, que girava devagar, vigiando o céu, e ouvia-se o constante chiado de uma máquina. Dois professores corriam de lá para cá, apertando parafusos, mexendo em botões de controle e fazendo anotações.

Moomin tossiu, respeitoso, para chamar a atenção.

– Boa tarde – disse. Mas os cientistas nem notaram. – Que tempo lindo! – disse Moomin, um pouco mais alto. Mas ainda assim não houve resposta. Então ele avançou e tocou, tímido, o braço de um dos professores. – Andamos muitas centenas de quilômetros para encontrá-lo, senhor – ele disse.

– O quê? Você de novo? – disse o professor.

– Desculpe-me – disse Moomin –, mas nunca estive aqui.

– Então foi um casal extremamente parecido com você – resmungou o professor. – Centenas de pessoas estão vindo aqui... Não temos tempo, sabe? Simplesmente, não temos tempo. Esse cometa é a coisa mais interessante dos últimos noventa e três anos. Então, o que querem? Sejam breves!

– Só queria sa-saber... essas pessoas que estiveram aqui antes – gaguejou Moomin –, imagino que não era uma pequena jovem snork verde-claro... toda fofinha... talvez com uma flor atrás da orelha...

– Sua explicação não tem nada de científica – disse o professor, impaciente. – Não sei nada sobre isso, exceto que havia um ser feminino irritante aqui, me perturbando sobre uma bugiganga que tinha perdido. Agora vá embora! Já desperdiçou 44 segundos do meu tempo!

Moomin se afastou, nervoso.

– Então? – perguntou Sniff. – Ele está vindo?

– Quando ele vai cair? – perguntou Snufkin.

– Oh! Eu me esqueci de perguntar – murmurou Moomin. – Mas aquela pequena jovem s-snork estteve aqui. Ela está viva. Não caiu no precipício.

– Bem, boas novas! – Snufkin exclamou.

– Não consigo entender você – disse Sniff. – Achei que não gostava de meninas. Agora, eu vou lá perguntar – e correu até o outro professor. – Por favor, eu poderia usar seu telescópio? – pediu, educado. – Tenho muito interesse em cometas, e ouvi falar demais sobre as maravilhosas descobertas feitas aqui.

O professor ficou muito feliz e pôs seus óculos na testa.

– Ouviu? – perguntou. – Então, você tem de vir aqui e dar uma olhada, meu pequeno amigo.

Ele ajustou o telescópio para Sniff e lhe disse para ir em frente. No começo, Sniff estava bastante assustado. O céu estava muito preto, grandes estrelas cintilavam como se estivessem vivas, e, à distância, brilhava alguma coisa, vermelha como um olho mau.

– Aquilo é o cometa? – sussurrou Sniff.

– Sim – respondeu o professor.

– Mas ele não está se mexendo nem um pouquinho – disse Sniff, com uma voz confusa. – E também não estou vendo nenhuma cauda.

– A cauda está atrás – explicou o professor. – Ele está correndo na direção da Terra, por isso, não parece que está se movendo. Mas é possível ver que ele está ficando maior a cada dia.

– Quando ele vai chegar? – perguntou Sniff, olhando, fascinado, através do telescópio, para a pequena centelha vermelha.

– De acordo com meus cálculos, ele deve atingir a Terra dia 7 de outubro, às 8:42 da noite. Talvez quatro segundos mais tarde.

– O que vai acontecer, então? – perguntou Sniff.

– O que vai acontecer? – disse o professor, surpreso. – Bem, não tinha pensado sobre isso. Mas vou registrar os eventos em detalhes, pode ter certeza.

– Pode me dizer que dia é hoje, senhor? – perguntou Sniff.

– 3 de outubro – respondeu o professor. – E o horário é exatamente 6:28.

– Então, acho que temos de ir – disse Sniff. – Muito obrigado por sua ajuda.

Voltou para os outros, com um olhar de "eu sou o tal".

– Tive uma conversa muito interessante com o professor, e chegamos à conclusão de que o cometa vai cair no dia 7 de outubro, às 8:42 da noite. Talvez quatro segundos mais tarde.

– Então, temos de correr pra casa o mais rápido possível – disse Moomin, ansioso. – Se conseguirmos chegar em casa e encontrar a mamãe antes de ele cair, nada vai acontecer. Ela saberá o que fazer.

Deixaram o Observatório e começaram a longa jornada de volta para casa.

Estava começando a escurecer, e a terrível luz vermelha no céu estava mais forte. As nuvens tinham ido embora, e lá embaixo, no vale, eles conseguiam ver a tira estreita do rio e manchas da floresta.

– Estou louco para sair dessa terra de pedra – disse Snufkin. – Até um poeta, às vezes, se cansa.

– Onde será que os snorks passaram a noite? – perguntou Moomin. – Tenho de devolver a tornozeleira pra infeliz da menina. – E correu em tal velocidade que os outros mal conseguiram acompanhá-lo.

CAPÍTULO 7

*Que conta como Moomin salva
Miss Snob de um arbusto venenoso e que
um cometa aparece no céu.*

O dia 4 de outubro amanheceu claro, mas havia uma neblina estranha cobrindo o Sol, quando ele nasceu devagar sobre o topo das montanhas e atravessou o céu vermelho. Os três viajantes não tinham montado a barraca para passar a noite: caminharam o tempo todo.

Sniff estava com uma bolha no pé e resmungava.

– Bem, ande com o outro pé – disse Snufkin, mas não era um conselho muito útil, e, a certa altura, Sniff não conseguiu mais andar.

– Ai! – gemeu. – Agora estou me sentido tonto – e se deitou, recusando-se a continuar.

– Estamos com pressa – disse Moomin. – Tenho de encontrar aquela pequena snork o mais rápido poss...

– Já sei, já sei – interrompeu Sniff. – Sua infeliz snork. Mas eu não tenho nada a ver com isso. Estou me sentindo péssimo e acho que vou ficar doente.

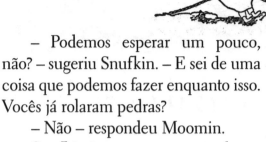

– Podemos esperar um pouco, não? – sugeriu Snufkin. – E sei de uma coisa que podemos fazer enquanto isso. Vocês já rolaram pedras?

– Não – respondeu Moomin.

Snufkin juntou uma porção de pedras de bom tamanho.

– Você pega uma pedra como essa. Rola com o máximo de força pela beirada do precipício: assim. E ela vai voar lá pra baixo – disse, sem fôlego. – Assim!

Juntos, eles olharam pela beirada do precipício e observaram a pedra. Ela foi batendo pelo caminho até embaixo, deixando um rastro de pequenas pedras, e, por um longo tempo, o eco, que foi e voltou entre as montanhas.

– Muito divertido! – exclamou Moomin. – Vamos jogar outra! – E rolaram outra pedra enorme até a beirada, onde ela mal se equilibrou.

– Um, dois e... – gritou Snufkin – já, empurre!

Lá se foi a pedra, mas, oh, que horror! Moomin não teve tempo de se afastar da beirada e, antes que alguém percebesse o que estava acontecendo, ele tinha escorregado e estava caindo rapidamente, logo atrás da pedra.

Nesse momento, seria bem possível que houvesse um moomintrol a menos no mundo, se ele não estivesse com uma corda amarrada na cintura. Snufkin se jogou no chão e se preparou para o baque. E foi um baque forte: Snufkin sentiu como se fosse se partir ao meio.

Moomin balançava para lá e para cá na ponta da corda, e ele era bem pesado!

Snufkin foi sendo arrastado devagar para mais e mais perto da beirada. Atrás dele, a corda também era esticada com força, e Sniff, que estava amarrado à outra ponta, começou a ser puxado junto com os outros.

– Parem com isso! – gritou. – Me deixem em paz. Estou doente!

– Você vai ficar ainda pior daqui a um minuto, se não segurar essa corda – disse Snufkin.

E a voz de Moomin veio lá de baixo:

– Socorro! Me puxem!

Finalmente, Sniff entendeu o que estava acontecendo e ficou tão assustado, que esqueceu que estava doente. Começou a lutar como um louco com a corda fugitiva, que acabou toda embolada ao redor dele e de tudo mais que estava por perto, até que ficou presa e Snufkin conseguiu se arrastar de volta.

– Quando eu disser "agora", você puxa – ele orientou Sniff. – Ainda não. Ainda não. AGORA!

– E os dois puxaram com toda a força, até que, finalmente, Moomin apareceu na beirada. Primeiro as orelhas, depois os olhos, depois o nariz, depois mais nariz e, a certa altura, ele inteiro.

– Puxa vida! – exclamou. – Achei que nunca mais ia ver vocês dois de novo.

– Você nunca ia mesmo, se não fosse por mim – observou Sniff, convencido. Snufkin olhou para ele com uma cara estranha, mas não falou nada, e os três se sentaram para se refazer.

– Nós fomos burros – disse Moomin, de repente.

– Vocês foram burros – disse Sniff.

– Completamente criminosos – continuou Moomin, sem prestar atenção. – A gente pode muito bem ter jogado uma das pedras em cima da pequena snork.

– Se tiverem feito isso, numa hora dessas ela está esborrachada – comentou Sniff, sem se comover.

Moomin ficou muito preocupado:

– Bem, de todo modo, temos de ir agora – disse, abatido. – Não podemos nos esquecer do cometa.

Continuaram descendo pela lateral da montanha, com o Sol fraco brilhando no alto, no céu vermelho-claro.

No pé da montanha, um rio claro e raso, com o fundo arenoso, corria entre as rochas, e lá estava Hemulen, sentado, os pés cansados dentro da água, suspirando sozinho. A seu lado, havia um livro grosso chamado *Mariposas do hemisfério oriental: seu comportamento e mau comportamento*.

– Extraordinário! – ele murmurava. – Nenhuma com cauda vermelha. Deve ser a *Dideroformia Archimboldes*, mas ela é muito comum e não tem nenhuma cauda – e suspirou de novo.

Nesse instante, Moomin, Snufkin e Sniff surgiram por detrás de uma rocha e o cumprimentaram:

– Olá!

– Oh, vocês me assustaram! – disse Hemulen, exaltado. – Então, são vocês três de novo. Achei que fosse outra avalanche. Essa manhã foi horrível.

– O que foi? – perguntou Sniff.

– Uma avalanche, claro – respondeu Hemulen. – Um horror! Pedras do tamanho de casas, quicando pra todo lado, como granizo! Meu melhor jarro de vidro se quebrou, e eu mesmo tive de correr pra sair do alcance delas.

– Sinto muito, mas derrubamos umas pedras enquanto caminhávamos – disse Snufkin. – Isso acontece muito nessas trilhas.

– Quer dizer que foram vocês que causaram a avalanche? – perguntou Hemulen.

– Bem... sim, de certa maneira – Snufkin admitiu.

– Nunca achei que você fosse muito confiável – disse Hemulen, devagar. – E, agora, acho menos ainda. Na verdade, não acho que quero conhecê-lo melhor – e virou-se e jogou um pouco de água nos pés. Snufkin e os outros não sabiam muito bem o que dizer, então ficaram calados. Depois de algum tempo, Hemulen olhou para trás e comentou: – Ainda estão aqui?

– Estamos indo – respondeu Moomin. – Mas, antes, acho que é meu dever lhe perguntar se não notou algo estranho na cor do céu.

– Na cor do céu? – repetiu Hemulen, inocente.

– Isso – respondeu Moomin. – Foi o que eu disse.

– E por que deveria? – perguntou Hemulen. – Por mim, ele pode ser até de bolinhas, não me interessa. Quase não olho pra ele. O que me preocupa é que meu lindo rio está quase seco. Se continuar assim por muito mais tempo, não vou poder mergulhar os pés.

E virou-se de novo, murmurando e resmungando consigo mesmo.

– Venham – disse Moomin. – Acho que ele prefere ficar sozinho.

O chão ficou mais macio para andar. Estava coberto com uma grossa camada de líquen e musgo, e algumas poucas flores brotavam aqui e ali, enquanto, abaixo delas, o tapete escuro da floresta parecia bem perto.

– Vamos direto para esse seu vale florido – disse Snufkin –, porque temos de estar lá antes que o cometa chegue.

Moomin olhou para sua bússola.

– Acho que há alguma coisa errada com essa coisa – reparou. – Está dançando pra todo lado, igual a um mosquito na água.

– Imagino que seja culpa do cometa – disse Sniff.

– Vamos ter de seguir pelo Sol – sugeriu Snufkin. – Apesar de que ele também não vai ser muito útil agora.

Um pouco mais abaixo, encontraram um lago que tinha afundado tanto em sua bacia rochosa, que as laterais ficaram difíceis demais para eles descerem e darem um mergulho. Havia um círculo de ervas daninhas e juncos alguns metros acima do nível da água, e ele ainda estava molhado.

– Engraçado, a água ter baixado tanto e tão rápido... – observou Snufkin, com a testa franzida.

– Deve haver um buraco no fundo – disse Sniff –, pra água sair.

– O rio do Hemulen também secou – lembrou Moomin.

Sniff olhou ansioso para a garrafa de limonada, mas, para seu alívio, ela parecia estar tão cheia quanto antes.

– Não consigo entender – disse.

– Não ligue, Sniff – disse Moomin. – Talvez seja melhor você não entender. Agora, venha!

Nesse instante, ouviram um grito de socorro. Vinha do bosque bem à frente deles, e saíram correndo para o resgate.

– Tudo bem! – gritou Snufkin. – Estamos indo!

– Não tão rápido! – disse Sniff, sem fôlego. – Ai! – Ele tinha caído e estava sendo arrastado, com o rosto no chão, pela corda, que ainda prendia os três.

Mas os outros dois não pararam, até que também deram de cara um com o outro, cada um de um lado de uma árvore, com a corda atravessada no tronco.

– Maldita corda! – reclamou Moomin, com raiva.

Sniff ficou chocado:

– Oh! – exclamou, sobressaltado. – Você falou um nome feio!

Moomin o ignorou e, cortando a corda com seu canivete, murmurou alguma coisa sobre ser a jovem snork que tinha gritado. No instante em que se soltou, correu o mais rápido que suas pernas curtas conseguiram.

No minuto seguinte, Snork chegou, arfando, verde de pavor. (Snufkin não o reconheceu à primeira vista, porque, como você deve se lembrar, Snork era roxo quando eles se conheceram.)

– Corram! – ele gritou. – Minha irmã! Miss Snob! Um arbusto! Está comendo a coitada!

E, para o terror deles, descobriram que era exatamente isso que estava acontecendo. Um arbusto venenoso, da perigosa família *Angostura*, tinha agarrado o rabo de Miss Snob e estava, agora, arrastando-a na sua direção, enquanto ela soltava gritos estridentes e lutava com toda a força.

– Arbusto miserável! – gritou Moomin, e, balançando seu canivete (o novo, com um saca-rolha e um instrumento-para-tirar-pedras-de-cascos-de-cavalos), deu voltas ao redor da planta, gritando nomes grosseiros, como: verme-da-terra; moita-imunda; peste-com-rabo-de-rato. O arbusto encarou Moomin com todos os seus olhos amarelo-esverdeados, em forma de flor, e, finalmente, soltou Miss Snob e esticou seus braços gêmeos na direção dele. Snufkin e os outros observaram, quase sem conseguir respirar, a batalha feroz que se seguiu.

Moomin dava golpes para todo lado, com seu rabo batendo com raiva, e o tempo todo ele atacava os braços ondulantes do Angostura.

Um grito de terror dos espectadores foi ouvido, quando um dos braços verdes se enrolou no nariz de Moomin. Mas ele se transformou em um grito de guerra, quando Moomin cortou o braço com um único golpe. Depois, a luta ficou mais violenta; o arbusto tremia inteiro, e Moomin tinha o rosto bem vermelho, por causa da fúria e do esforço. Por muito tempo, só era possível ver um turbilhão de braços, rabo e pernas.

Miss Snob encontrou uma grande pedra, que jogou no meio da luta, mas, como a pedra atingiu a barriga de Moomin, não ajudou muito.

– Minha nossa! Minha nossa! – gemeu Miss Snob. – Eu o matei!

– Típico de meninas! – disse Sniff.

Mas Moomin ainda não estava morto. Ele se levantou, lutando com mais força do que nunca, e cortou, um por um, os braços do Angostura. Quando não tinha sobrado nada além de um toco de árvore, ele dobrou o canivete e disse, de um jeito bastante superior, pensou Sniff:

– Bem! É isso aí!

– Oh, como você é corajoso! – sussurrou Miss Snob.

– Ah, eu faço esse tipo de coisa quase todo dia – disse Moomin, alegre.

– Você faz? – perguntou Sniff. – Eu nunca... – Mas ele não foi além de um guincho, pois Snufkin deu um pisão em seu pé.

– O que foi? – perguntou Miss Snob, assustada e bastante nervosa, depois de sua terrível experiência.

– Não se assuste – disse Moomin. – Estou aqui pra protegê-la. Tenho um pequeno presente pra você – e mostrou a tornozeleira de ouro.

– Oh! – exclamou Miss Snob, ficando rosa de tanta felicidade. – Achei que a tinha perdido. Ah, que maravilha! – Ela logo pôs a joia e virou-se, e deu voltas, tentando ver como tinha ficado.

– Ela me encheu a paciência por causa dessa tornozeleira durante dois dias – disse Snork. – Quase não conseguiu comer. E, agora, se todos quiserem, sugiro que a gente vá até uma pequena clareira que conheço e faça uma reunião. Acho que temos coisas mais importantes para discutir do que tornozeleiras – e Snork os guiou até a clareira, onde se sentaram em círculo e esperaram.

– Bem – disse Moomin –, sobre o que vamos conversar, então?

– Sobre o cometa, claro – respondeu Snork, olhando com medo para o céu vermelho. – Primeira coisa: eu me elejo presidente e secretário dessa reunião. Alguém não está de acordo?

Ninguém disse nada, e Snork bateu o lápis três vezes no chão. Miss Snob achou que ele estava matando uma formiga.

– Ela era venenosa? – ela perguntou, interessada.

– Fique quieta! Você está atrapalhando a reunião! – reclamou o irmão. – Vai cair no dia 7 de outubro, às 8:42 da noite. Talvez quatro segundos mais tarde.

– O quê? A formiga venenosa? – indagou Moomin, que estava um pouco confuso, por causa da batalha com o arbusto e da beleza de Miss Snob.

– Não, não, o cometa! – respondeu Snork, impaciente. – Agora, precisamos descobrir o que devemos fazer.

– Pensamos em ir pra casa o mais rápido possível – opinou Moomin. – Espero que você e sua irmã venham conosco.

– Tenho de pensar sobre isso – respondeu Snork. – Podemos discutir melhor essa questão, na próxima reunião.

– Ouça – interrompeu Snufkin –, isso tem de ser decidido agora. Hoje já é 4 de outubro, e já é de tarde. Temos exatamente três dias pra chegar ao Vale dos Moomins.

– Vocês moram lá? – perguntou Miss Snob.

– Moramos – respondeu Moomin. – É um vale lindo. E, logo antes de partirmos, montei um balanço, e Sniff descobriu uma caverna espetacular, que vou mostrar pra vocês...

– Espere um pouco – disse Snork, batendo no chão de novo –, vamos manter o foco. Então, é possível a gente chegar lá antes do cometa, e, se for, vamos estar seguros nesse seu vale?

– Sempre estivemos, até agora – respondeu Sniff.

– Mamãe vai encontrar uma solução – disse Moomin. – Vocês têm de ver a caverna onde enterrei minhas pérolas!

– Pérolas! – exclamou Miss Snob, animada. – É possível fazer tornozeleiras de pérolas?

– Tinha acabado de pensar nisso – disse Moomin. – Tornozeleiras, pulseiras, brincos, anéis de noivado...

– Essa é uma questão pra depois – Snork se intrometeu, martelando o lápis, com raiva. – Fiquem calados agora! Minha querida irmã, há coisas mais importantes no mundo do que brincos.

– Não se eles forem feitos de pérolas – retrucou Miss Snob. – Agora, você quebrou a ponta de seu lápis de novo. Ninguém quer comer nada hoje?

– Eu quero! – gritou Sniff.

– Vamos suspender a reunião, até amanhã de manhã – anunciou Snork, com um suspiro. – Nunca pode haver nenhuma organização, quando meninas estão por perto.

– Não leve as coisas tão a sério – brincou sua irmã, que começou a tirar pratos de uma pequena cesta. – Seria bem melhor se você fosse pegar um pouco de lenha pra mim. Além do mais, por que está se preocupando, se devemos ficar seguros na tal caverna do Vale dos Moomins?

– É mesmo! Que ideia genial! – exclamou Moomin, olhando pra ela com admiração. – Como você foi inteligente em pensar nisso! Claro! Podemos nos esconder na caverna quando o cometa vier!

– Na minha caverna – chiou Sniff, orgulhoso. – Vamos rolar algumas pedras pra cobrir a entrada, e tampar o buraco no teto, e levar um tanto de comida lá pra baixo, e uma lanterna... Não vai ser emocionante?!

– Bem, agora teremos de fazer outra reunião de qualquer jeito – observou Snork. – Temos de definir um plano de trabalho.

– Sim, sim – disse a irmã, sem paciência. – E a lenha? E, Sniff, você pode buscar um pouco de água do pântano, por favor?

Sniff e Snork partiram, e Miss Snob continuou a pôr a mesa.

– Moomin, você pode colher algumas flores pra mesa? – pediu.

– Que cor você quer?

Miss Snob se olhou e viu que ainda estava rosa. (Essa mudança tinha ocorrido quando Moomin entregou a tornozeleira de volta para ela, você se lembra?)

– Bem – ela refletiu –, acho que flores azuis combinariam bem comigo.

Moomin correu logo para encontrar algumas.

– E eu, o que posso fazer? – perguntou Snufkin.

– Toque alguma coisa pra mim, por favor – pediu Miss Snob.

Snufkin pegou a gaita e tocou uma música sobre o horizonte azul.

Demorou muito até que Snork voltasse com a lenha.

– Até que enfim você chegou! – exclamou sua irmã.

– Levei muito tempo – explicou Snork –, porque, claro!, tive de achar pedaços exatamente do mesmo tamanho.

– Ele é sempre tão meticuloso? – perguntou Snufkin.

– Ele nasceu assim – respondeu Miss Snob. – Onde está Sniff com a água?

Mas Sniff não tinha encontrado água nenhuma. O pântano estava seco: só restava um pouco de lama no fundo, e todas as pobres ninfeias tinham morrido. Ele tinha caminhado um pouco mais floresta adentro e encontrado um riacho, que também estava seco. Era impressionante. Enfim, Sniff voltou, desanimado, para o acampamento.

– Acho que toda a água do mundo deve ter secado – disse.

– Precisamos discutir essa questão – concluiu Snork.

Mas sua irmã teve uma ideia melhor:

– Sniff, você não tinha uma garrafa de limonada? – perguntou, e, quando ele pegou a garrafa, ela a esvaziou na panela com algumas frutinhas e fez a mais deliciosa sopa de frutas que você pode imaginar.

– Mas sopa não é a única coisa com que temos de nos preocupar – disse Snork, pensativo. – Tem de haver uma razão pra água secar.

– Provavelmente, é porque o sol está muito quente – opinou Snufkin.

– Ou por causa do cometa – disse Sniff, e todos olharam para o céu. Ele estava vermelho-fosco na escuridão que chegava, e, logo acima do topo das árvores, algo brilhava. Uma pequena centelha vermelha, como uma estrela distante. Ela não se movia, mas parecia cintilar e queimar, como se estivesse muito quente.

Miss Snob sentiu um arrepio e aproximou-se da fogueira.

– Minha nossa! – disse, preocupada. – Ele não parece muito amigável. – E sua cor mudou, devagarinho, de rosa para roxo.

Enquanto estavam sentados e olhavam para o cometa, Moomin chegou, ofegante, com um buquê de flores azuis.

– Não foi muito fácil encontrá-las – disse.
– Muito obrigada – disse Miss Snob –, mas eu devia ter pedido flores amarelas: está vendo, mudei de cor de novo!
– Oh, não! – retrucou Moomin, triste. – Quer que eu colha outras? – Nesse momento, ele também avistou o cometa brilhando sobre o topo das árvores.

– Não, não, deixe pra lá – respondeu Miss Snob.
– Mas, por favor, segure minha mão! Estou com medo!

– Não tenha medo – confortou-a Moomin. – Sabemos que ele só vai atingir a Terra daqui a três dias, e, até lá, vamos estar em casa, e confortáveis, na caverna. Agora, vamos comer sua deliciosa sopa e, depois, dormir.

Miss Snob serviu a sopa, e, quando acabaram de comer, todos se aninharam sobre o tapete de grama que ela tinha tecido.

O fogo se apagou devagar, mas, sobre a floresta escura e silenciosa, o cometa brilhava, ameaçador.

CAPÍTULO 8

Que conta sobre as Lojas da Vila e uma festa na floresta.

Durante todo o dia seguinte, eles viajaram pela floresta, direto para o Vale dos Moomins. Snufkin foi na frente, tocando a gaita, para alegrar todo mundo. Perto de cinco horas da tarde, eles chegaram a um pequeno caminho, que tinha um grande aviso na lateral, com uma seta, anunciando:

BAILE ESTA NOITE!
Por aqui!
LOJAS DA VILA!

– Ah, eu quero dançar! Não podemos dançar? – gritou Miss Snob, batendo palmas. – Há séculos não danço...
– Não temos tempo pra esse tipo de coisa agora – interrompeu Snork.

– Talvez a gente possa comprar um pouco de limonada nessas Lojas da Vila – propôs Sniff. – Estou com tanta sede!

– De qualquer forma, elas ficam bem no nosso caminho – disse Moomin.

– Podemos dar só uma olhada na dança, enquanto passamos – sugeriu Snufkin.

Snork suspirou:

– Vocês são impossíveis, todos vocês – disse, com um ar conformado.

Era um caminhozinho engraçado: fazia uma curva aqui e ali, partindo em diferentes direções, e, às vezes, até tentando dar um nó em si mesmo, por puro prazer. (Ninguém se cansa de um caminho assim, e tenho certeza de que, no final, ele não leva a gente pra casa mais rápido.)

Snufkin cortou um mastro e ergueu sua preciosa bandeira novamente. Sniff a carregou, enquanto Snufkin tocava e Miss Snob saltava entre as árvores, colhendo flores para combinar com fosse lá qual o humor em que estivesse e colocando-as atrás das orelhas.

– Conte mais sobre seu vale – pediu a Moomin.

– É o vale mais lindo do mundo – ele disse. – Há árvores azuis, com peras crescendo, e passarinhos cantam de manhã até de noite. E há muitos álamos prateados, que são ótimos pra gente subir: eu até pensei em construir uma casa em um deles. E à noite a Lua se reflete no rio, que tilinta nas rochas com um som igual ao de vidro se quebrando.

E papai construiu uma ponte, que é larga o suficiente para um carrinho de mão.

– Você precisa ser tão poético? – perguntou Sniff. – Quando a gente estava no vale, você só falava sobre como os outros lugares eram maravilhosos.

– Aquilo era diferente – argumentou Moomin.

– Mas é verdade – disse Snufkin. – Somos todos assim. Só quando fazemos uma longa viagem é que realmente descobrirmos como nosso lar é maravilhoso.

– Onde é sua casa? – perguntou Miss Snob.

– Em nenhum lugar – disse Snufkin, um pouco triste. – Ou em todos os lugares. Depende de como você vê as coisas.

– Você não tem mãe? – perguntou Moomin, olhando com pena para ele.

– Não sei – respondeu Snufkin. – Dizem que fui encontrado numa cesta.

– Como Moisés – disse Sniff.

– Gosto da história de Moisés – disse Snork. – Mas acho que a mãe dele podia ter encontrado uma maneira melhor de salvá-lo, né? Os crocodilos podiam ter comido o coitado.

– Eles quase nos comeram – lembrou Sniff.

– A mãe de Moisés podia tê-lo escondido em uma caixa, com buracos pra entrar ar – disse Miss Snob. – Isso o teria protegido dos crocodilos.

– Uma vez, tentamos fazer um capacete de mergulho com um tubo de ar – disse Sniff. – Mas não conseguimos que ele ficasse impermeável. Um dia, quando Moomin estava mergulhando, ele engoliu um tanto de água e quase se afogou. Foi engraçado!

– Oh! – exclamou Miss Snob, horrorizada. – Deve ter sido terrível.

Estavam andando e batendo papo, assim, quando, de repente, viram as Lojas da Vila. Sniff soltou um grito e balançou a bandeira acima de sua cabeça, e todos correram, animados, pelo caminho.

Era um conjunto muito bom de Lojas da Vila. O jardim tinha todas as flores que você pode imaginar, plantadas em filas ordenadas, e a casa era branca,

com grama crescendo no telhado. Na frente, havia uma espécie de relógio de sol, mas, em vez de mostrar as horas, ele tinha uma grande bola prateada, como um espelho, e a casa e o jardim estavam refletidos nela.

Havia letreiros e cartazes sobre sabão, pasta de dente e chicletes, e, debaixo da janela, cresciam grandes abóboras amarelas e verdes.

Moomin subiu a escada e abriu a porta, o que fez tocar um sino acima de sua cabeça. Entraram, um atrás do outro, menos Miss Snob, que ficou do lado de fora, no jardim, admirando-se na bola prateada. Atrás do balcão, estava sentada uma velha senhora, de cabelos brancos e pequenos olhos brilhantes, como uma ratinha.

– Aha! – exclamou. – Quantas crianças! O que posso fazer por vocês, meus queridos?

– Limonada, por favor, senhora – disse Sniff. – Verde, se a senhora tiver.

– A senhora tem um caderno de exercícios com pautas de 2,5 centímetros de largura? – perguntou Snork, que pretendia anotar tudo o que tinha de ser feito, quando um cometa fosse atingir a Terra.

– Claro – respondeu a senhora. – Você quer um azul?

– Bem, eu prefiro outra cor – respondeu Snork, porque cadernos azuis lhe lembravam a escola.

– Eu realmente preciso de uma calça nova – disse Snufkin –, mas ela não precisa ser tão nova. Gosto de calças que já se adaptaram à minha forma.

– Claro – disse a senhora, subindo em uma escada e pegando uma calça no teto. – Que tal essa?

– Mas ela é terrivelmente nova e limpa! – disse Snufkin. – A senhora não tem nada mais velho?

A velha senhora pensou por um tempo.

– Essa é a calça mais velha que tenho no estoque – disse, afinal. – E amanhã ela vai estar mais velha. Talvez mais suja também. – acrescentou, olhando para Snufkin por cima dos óculos.

– Bem, nesse caso, vou até ali no canto experimentá-la. Mas duvido muito que vá cair bem.

E desapareceu no jardim.

– E você, meu querido? – a senhora perguntou, virando-se para Moomin, que se contorceu, sem graça, e perguntou, tímido:

– A senhora tem algo como uma tiara de diamantes?

– Uma tiara de diamantes?! – a senhora perguntou, surpresa. – O que você vai fazer com isso?

– Ele quer dar pra Miss Snob, claro – disse Sniff, que estava sentado no chão, tomando limonada verde com um canudo. – Ele tem estado meio bobo desde que conheceu essa menina.

– Não tem nada de bobo em dar uma joia para uma menina – disse a senhora, séria. – Você é muito novo pra entender, mas, na verdade, uma joia é o único presente adequado pra dar a uma dama.

– Ah... – disse Sniff, e enfiou o nariz na limonada.

A senhora procurou em todas as prateleiras, mas não havia nenhuma tiara.

– Talvez haja alguma debaixo do balcão – sugeriu Moomin.

A senhora deu uma olhada.

– Não – respondeu, triste –, nada aqui também. Estranho não ter nenhuma tiara. Mas talvez um par de luvas para snorks possa servir?

– Não tenho certeza... – disse Moomin, parecendo preocupado.

Nesse instante, o sino tocou, e Miss Snob entrou na loja.

– Boa tarde – cumprimentou. – Que lindo espelho a senhora tem lá fora, no jardim! Desde que perdi o meu de bolso, tenho de me olhar em poças de água, e a gente fica tão engraçada em poças!

A senhora piscou para Moomin, pegou algo na prateleira e passou para ele por baixo do balcão. Moomin deu uma olhada: era um pequeno espelho redondo, com um aro prateado, e, na parte de trás, uma rosa vermelha encravada de rubis. Ficou muito contente e piscou de volta para a senhora. Miss Snob não tinha notado nada.

– A senhora tem alguma medalha?

– Alguma o quê, querida? – perguntou a senhora.

– Medalhas – respondeu Miss Snob. – Estrelas pra pôr no peito. Cavalheiros gostam dessas coisas.

– Ah, sim, claro! – disse a senhora. – Medalhas...

E procurou por toda a loja, em todas as prateleiras e debaixo do balcão.

– A senhora não tem nenhuma? – insistiu Miss Snob, e uma lágrima começou a escorrer sobre seu nariz.

A senhora ficou muito triste, mas, de repente, teve uma ideia: subiu na escada até a prateleira mais alta, onde havia uma caixa de decorações de árvore de Natal, e, lá dentro, encontrou uma grande estrela prateada.

– Olhe! – gritou, levantando a estrela. – Aqui está uma medalha pra você!

– Oh, que linda! – exclamou Miss Snob. Em seguida, virou-se para Moomin e disse, tímida: – É pra você, Moomin. Porque você me salvou do arbusto venenoso.

Moomin ficou emocionado. Ele se ajoelhou, e Miss Snob prendeu a estrela em algum ponto acima de sua barriga (O nariz dos moomintrols cobrem seu peito, então não é possível prender uma medalha nele), onde ela brilhou intensamente.

– Agora você tem de ver como está lindo – disse Miss Snob.

Nesse instante, Moomin mostrou o espelho que estava segurando atrás das costas.

– Eu comprei isso pra você – disse. – Me mostre como você fica nele!

Enquanto eles estavam se contemplando no espelho e suspirando "Ahs!" e "Ohs!", o sino da porta tocou de novo, e Snufkin entrou.

– Acho que seria melhor se a calça envelhecesse um pouco mais aqui – disse. – Ela ainda não está caindo bem.

– Ah, querido – exclamou a senhora –, que pena! Mas talvez você queira um chapéu novo.

No entanto, essa ideia só alarmou Snufkin, e ele enfiou mais ainda seu chapéu verde sobre os ouvidos, dizendo:

– Obrigado, mas eu estava exatamente pensando em como é perigoso se encher de pertences.

Durante todo esse tempo, Snork tinha ficado sentado, escrevendo em seu caderno, e agora se levantou e disse:

– Uma coisa pra lembrar, quando estamos fugindo de um cometa, é não demorar demais em lojas de vilas. Então, sugiro que a gente continue nossa jornada. Ande logo e termine sua limonada, Sniff.

Sniff tentou beber o resto de um só gole, mas, claro, a maior parte foi parar no chão.

– Ele sempre faz isso – disse Moomin. – Podemos ir?

– Em quanto ficou tudo, por favor? – Snork perguntou à senhora. Ela começou a fazer as contas, e, enquanto ela fazia isso, Moomin se lembrou de que eles não tinham nenhum dinheiro. Nem bolsos tinham, exceto Snufkin, mas os dele estavam sempre vazios. Moomin o cutucou, fazendo sinais desesperados com as sobrancelhas, e Snork e a irmã se olharam, aterrorizados. Nenhum deles tinha um centavo sequer!

– Vamos ver: I ¾d pelo caderno de exercício; 3d pela limonada. – disse a senhora. – A estrela é 5d e o espelho, IId, porque tem rubis de verdade na parte de trás. Vai dar I/8 ¾d, no total.

Ninguém disse nada. Miss Snob pegou o espelho e pôs em cima do balcão, com um suspiro. Moomin tentava desprender a medalha, Snork começou a se perguntar se cadernos custavam mais ou menos, depois de você ter escrito neles, e Sniff só pensou em sua limonada, que estava quase toda no chão.

A senhora deu uma tossidinha:

– Bem, crianças – ela lembrou –, há a calça velha que Snufkin não quis levar. Ela custa I/8d. Então, vocês veem, uma coisa compensa a outra, e vocês realmente não me devem nada.

– É isso mesmo? – perguntou Moomin, na dúvida.

– É claro como o dia, pequeno Moomin – assegurou a senhora. – Eu fico com a calça.

Snork tentou fazer as contas de cabeça, mas não conseguiu, então escreveu em seu caderno, assim:

	s. d.
Caderno de exercício	I¾
Limonada	3
Medalha	5
Espelho (com rubis)	II
Total	I 8¾
Calça	I 8

I/8d = I/8d
¾d sobrando.

– Está certo – concluiu, surpreso.
– Mas tem ¾d sobrando – disse Sniff. – Não são nossos?

– Não seja avarento – repreendeu Snufkin. –
Vamos dizer que estamos quites.

Agradeceram à senhora e estavam saindo quando Miss Snob se lembrou:

– A senhora pode nos dizer onde será o baile dessa noite?

– Bem – disse a vendedora –, é só seguir o caminho até chegarem nele. E nada começa até a Lua aparecer.

As Lojas da Vila já tinham ficado bem para trás quando Moomin parou e pôs a mão na cabeça:

– O cometa! – exclamou. – Temos de avisar a velha senhora, não? Talvez ela queira vir conosco e se esconder na caverna. Sniff, você corre até lá e pergunta pra ela?

Sniff correu, e os outros se sentaram na beirada do caminho para esperar.

– Você sabe sambar? – Miss Snob perguntou a Moomin.

– Bem, mais ou menos – ele respondeu. – Mas prefiro a valsa.

– Quase não teremos tempo para esse baile – observou Snork. – Olhem pro céu.

Todos olharam.

– Ele está maior – disse Snufkin. – Ontem, era um pontinho. Agora, está do tamanho de um ovo.

– Mas tenho certeza de que você sabe dançar tango – continuou Miss Snob. – Um passinho pro lado e dois passões pra trás.

– Parece fácil – disse Moomin.

– Minha irmã – censurou Snork –, você não tem um pensamento sério na cabeça. Nunca consegue manter o foco?

– Nós começamos a conversar sobre dança – disse Miss Snob –, e, de repente, vocês começaram a falar sobre o cometa. Eu ainda estou falando sobre dança.

Então, os dois irmãos começaram a mudar de cor devagar. Por sorte, nesse exato momento, Sniff apareceu correndo.

– Ela não quer vir conosco – contou. – Vai se esconder no porão, quando ele chegar. Mas ficou muito agradecida e mandou um pirulito pra cada um.

– Você não pediu os pirulitos, pediu? – perguntou Moomin, desconfiado.

– Mas não é possível! – exclamou Sniff, indignado. – Que ideia! Ela achou que a gente merecia, já que nos devia ¾d. E, afinal de contas, isso é verdade mesmo...

Assim, eles continuaram o caminho, chupando seus pirulitos, enquanto o Sol descia por trás das árvores, coberto por uma neblina cinza.

A Lua apareceu, esverdeada e pálida. O cometa brilhava mais forte do que nunca. Agora, estava tão grande quanto o Sol, e iluminava toda a floresta com sua estranha luz vermelha.

Os viajantes encontraram a pista de dança em uma pequena clareira, ao redor da qual milhares de vaga-lumes, gentilmente, haviam se reunido em círculo, para decorar o local. Lá perto, estava sentado um gafanhoto com um caneco gigante de cerveja na mão e um violino ao seu lado, na grama.

– Fiuuuu! – ele assoviou – Dá calor ficar tocando o tempo todo.

– Pra quem você está tocando? – perguntou Miss Snob, olhando para a pista de dança vazia.

– Ah, pras criaturas da floresta das redondezas – informou o gafanhoto, movendo o braço para mostrar, e bebeu mais um gole. – Mas os bobinhos não estão satisfeitos. Dizem que minha música não é moderna o suficiente.

Nesse momento, Moomin e seus amigos perceberam que o lugar estava lotado de todo tipo de pessoinhas estranhas. Até os fantasmas aquáticos, que tinham vindo dos pântanos e lagos secos, estavam lá, e grupos de espíritos das árvores fofocavam, sentados debaixo das bétulas. (Os espíritos das árvores são lindas criaturinhas que vivem em troncos, mas à noite voam para o topo das árvores, para se balançar nos galhos; normalmente, não são encontrados em árvores que têm espinhos em vez de folhas.)

Miss Snob pegou o espelho para ver se a flor atrás de sua orelha estava bonita, e Moomin ajeitou sua medalha. Fazia muito tempo que não iam a um baile de verdade.

– Não quero ofender o gafanhoto – cochichou Snufkin –, mas vocês acham que eu poderia tocar um pouco de gaita pra eles?

– Por que vocês não tocam juntos? – sugeriu Snork. – Ensine pra ele aquela música "Todas as criaturinhas deveriam ter laços em seus rabos".

– Boa ideia! – disse Snufkin.

E levou o gafanhoto para trás de um arbusto (dessa vez, não era um venenoso), para lhe ensinar a música.

Depois de um tempo, ouviram-se algumas notas e, em seguida, trinados e harmonias. Todas as criaturinhas pararam de conversar e foram até a clareira para escutar.

– Esse som é moderno! – disseram. – Dá pra dançar.

– Olhe, mamãe! – exclamou uma criaturinha bem pequena, apontando para a estrela de Moomin. – Um general!

E, com isso, todos se reuniram ao redor dos visitantes, com gritos de surpresa e admiração.

– Que linda e macia você é! – disseram à Miss Snob.

E os espíritos das árvores se olharam no espelho com rubis na parte de trás, e os fantasmas aquáticos deixaram seus autógrafos molhados no caderno de Snork.

Em seguida, ouviram-se ruídos vindos de trás do arbusto, e de lá saíram Snufkin e o gafanhoto, tocando com toda a energia que tinham.

No começo, houve uma confusão terrível, enquanto todos tentavam se organizar, mas, enfim, todo mundo encontrou a pessoa com quem queria dançar, e começaram.

Miss Snob ensinou Moomin a sambar (o que não é nada fácil, se a pessoa tem pernas curtas). Snork dançou com uma senhora idosa e respeitável, habitante do pântano, que tinha alga nos cabelos, e Sniff rodopiou pela pista com a menor das criaturinhas. Até os mosquitos dançaram, e todo tipo imaginável de ser vivo saiu da floresta para dar uma olhada.

E ninguém se preocupou com o cometa que voava na direção deles, iluminando a noite escura com seu brilho feroz.

Por volta de meia-noite, rolaram para a festa um enorme barril de vinho de palmeira, e todos pegaram um pequeno caneco de casca de bétula para beber. Em seguida, os vaga-lumes se juntaram, formando uma grande bola no centro clareira, e todo mundo se sentou ao redor deles, bebendo vinho e comendo sanduíches.

– Agora, a gente devia contar uma história – disse Sniff, virando-se para a menor das criaturinhas. – Você sabe alguma, Pequenina?

– Oh, na verdade, não – sussurrou Pequenina, que era muito tímida. – Ah, não, bem, talvez...
– Então, conte logo! – disse Sniff.
– Havia um rato da floresta chamado Poot – começou Pequenina, olhando sem jeito para as mãos.
– O que aconteceu depois? – insistiu Sniff.
– A história acabou – disse Pequenina, e, confusa, cavou um buraco no musgo e se escondeu.

Todos gargalharam, e aqueles que tinham rabos os bateram no chão, admirados. Depois, Moomin pediu que Snufkin tocasse uma música.
– Vamos tocar a música "Cometa, cometinha" – ele disse.
– Mas essa é tão triste! – protestou Miss Snob.
– Bem, toque essa mesmo – disse Moomin –, porque ela é ótima pra assoviar.

Com isso, Snufkin tocou, e todos acompanharam o refrão:

Cometa, cometinha,
a gente aqui nessa andança,
nessa trilha tortuosa,
quase perde a esperança,
de achar alma caridosa,
de ver uma porta amiga
que acolha nossa fadiga!

Miss Snob deitou a cabeça no ombro de Moomin.

— É exatamente o que acontece com a gente — choramingou. — Aqui estamos nós: quase entregando os pontos, com os pezinhos cansados, e nunca vamos chegar em casa!
— Vamos, sim! — consolou Moomin. — Não chore. E, quando chegarmos lá, mamãe vai ter feito o jantar e vai nos abraçar, e pense em como vai ser divertido contar pra todo mundo o que aconteceu conosco.
— E eu vou ter uma tornozeleira de pérolas — disse Miss Snob, enxugando as lágrimas. — E que tal um alfinete de gravata de pérola pra você?
— Sim — respondeu Moomin. — Ia ser ótimo, mas quase não uso gravatas.
Miss Snob não conseguiu pensar em uma resposta para isso; então, pararam de conversar e ficaram ouvindo Snufkin, que ainda estava tocando gaita. Tocou uma música depois da outra, até que, aos poucos, todos os animaizinhos e fantasmas aquáticos desapareceram, de volta para a floresta. Os espíritos das árvores voltaram para seus troncos, e Miss Snob caiu no sono com seu espelho na mão.
Enfim, a música parou, e tudo ficou quieto na clareira. Os vaga-lumes sumiram um por um e, bem devagarinho, a noite foi virando dia.

CAPÍTULO 9

Que conta sobre a fantástica travessia do mar, que tinha secado, e como Miss Snob salvou Moomin de um polvo gigante.

No dia 5 de outubro, os pássaros pararam de cantar. O Sol estava tão pálido que mal dava para vê-lo, e, acima da floresta, o cometa pendia, como uma roda de carroça, cercado por um anel de fogo.

Snufkin não tocou sua gaita naquele dia. Estava muito calado e pensava com seus botões: "Há muito tempo não me sinto tão deprimido. Normalmente, me sinto triste, de certa maneira, quando uma festa boa acaba, mas isso é diferente. É horrível quando o Sol vai embora e a floresta fica em silêncio".

Os outros também não tinham muito o que dizer. Sniff estava com dor de cabeça e resmungava baixinho. Os pés estavam cansados, depois de tanta farra, e o grupo avançava devagar.

Aos poucos, as árvores foram se tornando mais raras; depois, uma paisagem de dunas de areia desertas surgiu diante deles: nada, além de montes de areia macia, com alguns tufos cinza-azulados de aveia do mar, aqui e ali.

– Não estou sentindo o cheiro do mar – disse Moomin, farejando. – Fiuuu! Como está quente!

– Talvez isso aqui seja um deserto – disse Sniff.

Continuaram caminhando. Subiram uma colina e desceram outra, e era cansativo andar na areia macia.

– Olhem! – disse Snork, de repente. – Os Amperinos estão viajando de novo. – E, realmente, a alguma distância, havia uma fila cambaleante de pequenas figuras.

– Estão indo para o leste – disse Snork. – Talvez seja melhor a gente segui-los, porque eles sempre sabem onde há perigo e tentam fugir dele.

– Mas por que ir nessa direção? – disse Moomin. – O Vale é para o oeste.

– Estou morrendo de sede – reclamou Sniff.

Ninguém respondeu.

Cansados e desanimados, continuaram a caminhada. As dunas de areia foram ficando cada vez mais baixas, até que pararam em uma fileira de algas marinhas reluzindo à luz vermelha. Além delas, havia uma praia de pedras, e depois... Todos ficaram de pé, em fila, olhando fixamente!

– Puxa vida! – exclamou Moomin.

O lugar onde o mar deveria estar, com ondas macias e azuis e velas amistosas, abria-se um abismo gigantesco.

Um vapor quente subia das profundezas das grandes fendas, que pareciam chegar até o coração da Terra, e, abaixo deles, o penhasco descia... descia...

– Moomin! – gritou Miss Snob, sem ar. – O mar inteiro secou!

– O que os peixes terão a dizer sobre isso? – perguntou Sniff.

Snork pegou seu caderno e acrescentou algo à lista intitulada "Riscos encontrados durante a aproximação do cometa", e Snufkin sentou com a cabeça entre as mãos, lamentando:

– Oh, não, oh, não... O lindo mar desapareceu. Nada mais de navegar, nada mais de nadar, nada mais de pescar. Acabaram-se as tempestades, o gelo transparente e a brilhante água negra onde as estrelas se refletiam. Tudo se foi, sumiu! – E pôs o rosto nos joelhos e chorou, como se seu coração fosse se quebrar.

– Mas, Snuf – disse Moomin, desapontado –, você sempre foi tão otimista! É horrível ver você assim, desesperado...

– Eu sei – respondeu Snufkin. – Mas sempre gostei do mar mais do que de qualquer outra coisa. Isso é triste demais.

– Especialmente pros peixes – acrescentou Sniff.

– O que parece mais importante – disse Snork – é como vamos fazer pra atravessar esse enorme desfiladeiro, porque não temos tempo pra dar a volta ao redor dele.

– Não, claro que não temos – Moomin concordou, ansioso.

– Vamos fazer uma reunião – propôs Snork. – Vou ser o presidente. Então, que alternativas nós temos para atravessar o mar seco?

– Voando – sugeriu Sniff.

– Não seja bobo – disse Snork. – A gente ia cair dentro daquelas grandes fendas ou afundar na lama. Proposta rejeitada.

– Proponha você alguma coisa, então! – disse Moomin, com raiva.

Snufkin levantou a cabeça.

– Já sei! – gritou. – Pernas de pau!

– Pernas de pau?! – repetiu Snork. – Proposta re...

– Espere um minuto! – gritou Snufkin. – Ouçam! Vocês não se lembram de como usei pernas de pau na terra das fontes termais? Com um passo largo, eu conseguia passar por cima de quase tudo. E é rápido, também.

– Mas não é muito difícil andar com elas? – perguntou Miss Snob.

– Vocês podem praticar aqui na praia – respondeu Snufkin. – Agora, só precisamos encontrar as pernas de pau.

E todos partiram, em várias direções, à caça de pernas de pau. E não era uma caça muito fácil.

Snork encarou o problema de uma maneira mais racional. Pensou: pernas de pau são estacas. O que são estacas? São pedaços de troncos de árvores. Onde estão as árvores? Na floresta... Então, refez todo o longo e quente caminho até a beirada da floresta e pegou dois pequenos abetos finos (espíritos das árvores não vivem em abetos).

Moomin e Miss Snob foram juntos procurar. Começaram a conversar sobre o Vale dos Moomins e logo se esqueceram completamente do que deveriam fazer.

– Meu pai construiu uma ponte linda – contou Moomin, pela terceira vez. – Mas, na maior parte do tempo, ele escreve um livro com suas memórias. É sobre tudo o que fez na vida, e, assim que faz alguma coisa nova, ele escreve lá também.

– Então, com certeza ele não tem tempo pra fazer muitas outras coisas – supôs Miss Snob.

– Bem – respondeu Moomin –, ele sempre encontra um tempo pra fazer alguma coisa aqui e ali, mesmo que seja só pra ter o que escrever.

– Me conte sobre o grande dilúvio que vocês tiveram! – pediu Miss Snob.

– Pois é, foi horrível! – disse Moomin. – A água subiu e subiu, até que, no final, mamãe, Sniff e eu estávamos em um pequeno monte de terra, quase sem espaço pra nossos rabos.

– Fiuuu! – assoviou Miss Snob. – A que altura a água chegou?

– Cinco vezes mais alta do que eu, talvez até mais – respondeu Moomin. – Mais ou menos da altura daquele mastro ali.

– Nossa! – exclamou Miss Snob.

E os dois continuaram andando, pensando sobre o dilúvio. Depois de um tempo, Moomin parou e perguntou:

– Eu falei "mais ou menos da altura daquele mastro ali"?

– Falou. Por quê? – perguntou Miss Snob.

– Porque acabei de lembrar que nós estamos procurando mastros – Moomin respondeu. – Temos de voltar e pegá-lo.

Caminharam de volta, ao longo da praia, até encontrar o mastro de novo. Era bem comprido e pintado de vermelho e branco.

– É um daqueles mastros usados no mar, pra marcar um lado das rochas – disse Moomin. – E há um pro outro lado.

Eles estavam no que tinha sido uma pequena baía, antes do mar secar, e a praia estava coberta com restos de barcos, madeira carregada pela água, cascas de bétula e algas. Miss Snob encontrou a gávea do topo de um mastro de navio, mas era grande demais para carregar. Em vez disso, ela pegou uma garrafa com rolha dourada, que a correnteza tinha trazido do México. E, logo depois, eles acharam uma tábua muito comprida, que, partida no meio, daria muito bem para o segundo par de pernas de pau.

Tomaram o caminho de volta, muito satisfeitos consigo mesmos, e, quando chegaram, os outros já

estavam treinando. Snufkin, orgulhoso, fazia demonstrações sobre uma vara de pescar e uma de saltar, e Sniff tentava se equilibrar em um cabo de vassoura e no mastro, na ponta do qual ainda estava a bandeira deles.

– Você tem de fazer assim – disse Snork, subindo em um monte de areia. – É como andar de botas de sete léguas!

Miss Snob choramingou de medo, quando eles a ergueram sobre suas pernas de pau. Mas, pouco tempo depois, estava melhor do que qualquer um deles, desfilando para todo lado com tal elegância, que parecia que tinha usado pernas de pau a vida inteira.

– Acho que já está muito bom – disse Snufkin, depois que eles balançaram, tropeçaram e caíram por cerca de uma hora. – Vamos começar!

Um depois do outro, com suas pernas de pau debaixo dos braços, começaram a descer o difícil caminho escorregadio até o abismo.

Era muito triste lá embaixo, no fundo do mar. As algas, tão lindas quando balançavam na água transparente, agora estavam achatadas e pretas, e os peixes se debatiam, de maneira comovente, em poças rasas.

O vapor parecia uma tela de fumaça acima deles, e, através dela, o cometa brilhava com uma estranha luz fosca.

– É quase igual à terra das fontes termais – disse Snufkin.

— O cheiro é horrível — disse Sniff, torcendo o nariz. — Não esqueçam que isso não é culpa minha: eu avisei...

— Como está indo? — Moomin gritou para Miss Snob, através do vapor.

– Bem, obrigada – respondeu um gritinho fraco.

E assim continuaram, como insetos de pernas longas, atravessando o fundo do mar, enquanto o solo, aos poucos, ficava mais inclinado. Aqui e ali, grandes montanhas verde-escuras apareciam; antes, seus topos eram pequenas ilhas, onde pessoas moravam e crianças se divertiam à beira-mar.

– Nunca mais vou nadar em águas profundas – lamentou Sniff, com um arrepio. – Só de pensar que tudo isso estava embaixo! – E olhou para baixo, para uma fenda escura, onde ainda restava um pouco de água e, sem dúvida, um estranho aglomerado de vida aquática.

– Mas é lindo, apesar de ser tão horrível – disse Snufkin. – E ninguém tinha vindo aqui antes de nós! O que é aquilo ali?

– Um baú de tesouro! – gritou Sniff. – Ah, vamos lá ver!

– Não podemos levá-lo conosco, de todo modo – disse Snork. – Deixe pra lá. Acho que a gente vai encontrar coisas muito mais interessantes, antes de atravessarmos esse lugar.

Estavam passando por rochas pretas irregulares, e tinham de ir com bastante cuidado, para que as pernas de pau não ficassem presas. De repente, nas trevas diante deles, surgiu uma grande silhueta escura.

– O que é isso?! – gaguejou Moomin, parando tão de repente que quase caiu de cara no chão.

– Talvez seja alguma coisa que morde – respondeu Sniff, nervoso.

Devagar, eles avançaram e espiaram a figura de detrás de uma rocha.

— Um navio! — exclamou Snork. — Um navio afundado!

Como estava horroroso, coitado! O mastro estava quebrado, e cracas cobriam seu casco apodrecido. As velas e a armação há muito tinham sido levadas pela correnteza, e a figura de proa dourada estava rachada e descolorida.

— Vocês acham que há alguém a bordo? — sussurrou Miss Snob.

— Acho que eles devem ter sido socorridos por barcos salva-vidas — disse Moomin. — Vamos! Isso é horrível.

— Esperem um minuto — disse Sniff, descendo das pernas de pau. — Acho que estou vendo uma coisa dourada, uma coisa brilhante...

— Lembre-se do que aconteceu com os rubis e o lagarto gigante! — gritou Snufkin. — É melhor deixar isso pra lá!

Mas Sniff se agachou e puxou da areia um punhal com o cabo dourado. Era coberto de pedras

preciosas que brilhavam como a luz da Lua, e a lâmina cintilava, fria. Sniff levantou seu achado e gritou, animado.

– Ah, que lindo! – pulou Miss Snob, alegre, perdendo completamente o equilíbrio: balançou para a frente e para trás e, de repente, caiu direto sobre a lateral do navio, desaparecendo porão adentro. Moomin soltou um grito e correu para socorrê-la.

Sua corrida foi um pouco atrasada, porque o piso estava muito escorregadio, mas logo ele estava olhando para baixo, tentando enxergar o porão escuro.

– Você está aí? – gritou.

– Sim, estou aqui – respondeu Miss Snob.

– Você está bem? – perguntou Moomin, saltando até ela e descobrindo, com um choque, que a água chegava à sua cintura e que tinha um cheiro terrível de coisa estragada.

– Tudo bem – respondeu Miss Snob. – Só estou com medo.

– Sniff é uma peste – disse Moomin, furioso. – Sempre correndo atrás de tudo o que brilha.

– Bem, eu entendo isso – disse Miss Snob. – Enfeites são tão divertidos, principalmente se são feitos de ouro e pedras preciosas. Você não acha que talvez a gente possa achar mais tesouros aqui?...

– Está tão escuro – respondeu Moomin. – E talvez haja animais perigosos por aí.

– É, acho que você tem razão – disse Miss Snob, obediente. – Então, seja um bom moomin e me ajude a sair daqui.

Moomin a levantou até a beirada da escotilha.

Miss Snob logo pegou seu espelho para ver se estava quebrado, mas, por sorte, o vidro estava inteiro, e os rubis ainda estavam na parte de trás. Mas, enquanto ela estava se arrumando, uma imagem apavorante apareceu no espelho. Via o porão escuro e via Moomin, escalando para fora – mas atrás, em um canto escuro, havia outra coisa. Alguma coisa que se movia. Alguma coisa que se aproximava devagar de Moomin.

Miss Snob jogou o espelho no chão e gritou, com toda a força:

– Cuidado! Tem alguma coisa atrás de você!

Moomin olhou para trás, e o que viu foi um enorme polvo, a criatura mais perigosa do fundo do mar, deslizando devagar na direção dele. Desesperado, tentou escalar e agarrar a mão de Miss Snob, mas escorregou nas tábuas viscosas e caiu na água de novo. A essa altura, Snufkin e os outros tinham vindo até o convés, para ver o que estava acontecendo, e tentavam cutucar o polvo com suas pernas de pau, mas isso não o afetava em nada: ele continuava a deslizar, implacável, cada vez mais próximo de Moomin, com seus longos tentáculos já procurando a presa.

Foi quando Miss Snob teve uma ideia. Ela sempre brincava com um espelho no sol, fazendo com que seu reflexo brilhasse nos olhos do irmão, para cegá-lo por um tempo. Então, pegou o espelho de rubis e tentou a mesma coisa contra o polvo, só que usando a luz do cometa, em vez da do Sol. E deu muito certo!

O polvo parou na mesma hora, e, enquanto ele não conseguia enxergar e não sabia o que fazer, Moomin subiu em suas pernas de pau e foi puxado para o convés pelos outros.

Eles não ficaram nem mais um minuto naquele terrível navio. Nem esperaram para retomar o fôlego, e logo estavam muito longe dali.

Moomin agradeceu a Miss Snob:

– Você salvou minha vida! E de uma maneira tão inteligente! Vou pedir para Snufkin escrever um poema em sua homenagem, porque infelizmente não sei escrever poesia.

Miss Snob olhou para o chão e começou a mudar de cor, emocionada.

– Fiquei muito feliz em ajudar – ela sussurrou. – Salvaria sua vida oito vezes por dia, se precisasse.

— E eu não me importaria em ter oito polvos me atacando todo dia, se fosse pra você me salvar deles — respondeu Moomin, amável.

— Se vocês tiverem terminado de bajular um ao outro — disse Sniff —, talvez a gente possa continuar.

A areia tinha ficado mais nivelada, agora, e, espalhadas por toda parte, havia enormes conchas, com cornos e espirais, das cores mais maravilhosas, como roxo, azul da meia-noite e verde-mar.

Miss Snob queria ficar lá e admirar cada uma e ouvir o chamado do mar que se escondia nelas, mas Snork a apressou.

Caranguejos gigantes andavam de lado, entrando e saindo entre as conchas, comentando uns com os outros como era estranho que o mar tivesse desaparecido. Eles se perguntavam quem tinha tirado a água de lá, e quando ela seria trazida de volta.

— Ainda bem que não sou uma água-viva! — disse um deles. — Fora da água, elas não passam de míseras esponjas, mas nós, caranguejos, claro, somos muito felizes onde quer que a gente esteja.

– Sinto tanto dó de quem não nasceu caranguejo – disse outro. – É bem possível que essa seca do mar tenha sido arranjada pra gente ter mais espaço pra viver.

– Que ideia maravilhosa! Por que não um mundo povoado só com caranguejos? – exclamou um terceiro, agitando as patas.

– Que criaturas convencidas! – murmurou Snufkin. – Tente cegá-los com o espelho, e vamos ver se vão saber o que fazer.

Miss Snob fixou o reflexo do cometa de novo e o fez brilhar nos olhos dos caranguejos. Houve uma terrível agitação. Tagarelando, com medo, eles correram descontrolados em todas as direções, trombando uns com os outros, e enterraram a cabeça nas poças de água.

Moomin e os outros deram boas risadas e, depois de algum tempo, Snufkin achou uma boa ideia tocar uma canção. Mas não conseguiu tirar um som sequer de sua gaita: o vapor a tinha enferrujado.

– Oh, não! – exclamou, triste. – É a pior coisa que poderia ter acontecido.

– Papai vai consertá-la pra você, quando chegarmos em casa – disse Moomin. – Ele consegue consertar qualquer coisa, se quiser.

Acima deles, estendia-se a estranha paisagem do mar, que desde o começo do mundo sempre fora coberta por milhões de toneladas de água.

– Sabem? É extraordinário estarmos aqui – disse Snork. – Devemos estar bem perto da parte mais profunda do oceano, agora.

Mas quando chegaram ao maior abismo de todos, não tiveram coragem de descer. As laterais se inclinavam, íngremes, e o fundo estava coberto pela escuridão verde. Talvez nem houvesse fundo! Talvez os maiores polvos do mundo vivessem lá embaixo, criando suas ninhadas no lodo; e talvez houvesse criaturas que ninguém nunca tinha visto, nem mesmo imaginado. Mas Miss Snob estava admirando uma concha enorme e linda, que se equilibrava bem na beirada do abismo: tinha uma linda cor pálida, só encontrada nas profundezas do mar, onde nenhuma luz penetra, e seu coração escuro brilhava, tentador. A concha cantava baixinho, para si mesma, a antiga canção do mar.

– Oh! – suspirou Miss Snob. – Eu gostaria de morar naquela concha. Quero entrar lá e ver quem está murmurando.

– É apenas o mar – disse Moomin. – Cada onda que morre na praia canta uma pequena canção para uma concha. Mas você não deve entrar lá, porque é um labirinto, e talvez você nunca mais volte.

Assim, ela foi convencida a continuar, e os viajantes começaram a correr, pois a noite estava chegando e não tinham encontrado um lugar para dormir. Eles só viam os contornos suaves uns dos outros através da névoa úmida do mar, e o silêncio era estranho. Não havia nenhum dos barulhos que animavam a noite em terra firme: o som das patas dos animaizinhos, folhas balançando na brisa, o canto dos pássaros, uma pedra deslocada pelo pé de alguém.

Uma fogueira nunca acenderia naquele solo encharcado, e eles não teriam coragem de dormir entre os perigos desconhecidos que poderiam estar espiando por ali. Por fim, decidiram acampar numa rocha alta e pontiaguda, que só conseguiram alcançar com suas pernas de pau. Tinham de se manter em guarda, e Moomin ficou com a primeira ronda. Decidiu levar Miss Snob também, e, enquanto todos dormiam bem enrolados uns nos outros, ele se sentou, olhando para o fundo do mar deserto e iluminado pelo brilho vermelho do cometa. Sombras que lembravam veludo preto atravessavam a areia.

Moomin pensou em como a Terra devia estar assustada, com aquela grande bola de fogo aproximando-se cada vez mais dela. Depois, pensou no quanto amava tudo: a floresta e o mar, a chuva e o vento, a luz do Sol, a grama e o musgo; e em como seria impossível viver sem tudo aquilo, e esses pensamentos o deixaram muito, muito triste. Mas, depois de um tempo, parou de se preocupar.

– Mamãe vai saber o que fazer – disse para si mesmo.

CAPÍTULO 10

Que conta sobre a coleção de selos de Hemulen, uma nuvem de gafanhotos e um terrível tornado.

Quando Sniff acordou na manhã seguinte, a primeira coisa que disse foi:
– Ele vai chegar amanhã!
– Ele está tão grande! – observou Miss Snob. – Quase tão grande quanto uma casa.
Toda a neblina tinha desaparecido com o calor do cometa, e eles conseguiam ver direto até o outro lado, onde o fundo do mar se elevava ao nível da praia de novo. Não faltava muito para chegarem.
– Árvores! – gritou Snufkin, apontando, e todos saíram correndo para chegar lá, sem nem usar as pernas de pau.
– Álamos prateados! – gritou Moomin, sem fôlego, quando pisou na praia de areia. – O Vale dos Moomins não pode estar longe agora.

Snork começou a assoviar, e todos ficaram tão felizes por estarem em terra firme de novo, que se abraçaram, animados.

Em seguida, partiram para casa.

No caminho, encontraram um trol de casa* vindo de bicicleta na direção deles. Seu rosto estava vermelho, por causa do calor (trols de casa nunca podem tirar seus casacos de pele). No porta-bagagens, ele levava duas ou três malas, e pacotes e embrulhos pendiam do guidom. No banco de trás, ia um bebê-trol de casa em uma bolsa.

– Você está indo embora? – gritou Sniff.

O trol de casa desceu da bicicleta e disse:

– Boa pergunta, animalzinho. Todo mundo que mora nos arredores do Vale dos Moomins está indo embora. Acho que não há uma pessoa que pretenda ficar lá e esperar o cometa.

– Por que acham que o cometa vai cair exatamente lá? – perguntou Snork.

– Bem, você pode dizer que a notícia se espalhou bico a bico – respondeu o trol de casa. – Muskarato espalhou a informação através dos pássaros, e é bastante óbvio, para qualquer trol de casa que se preze, que o cometa vai cair no Vale dos Moomins.

– Ah, aliás – disse Moomin –, acho que nossas famílias são aparentadas de longe, e, antes de sair de

---

* Na mitologia nórdica, trols são criaturas mágicas, com habilidades especiais, e há vários tipos deles, como o trol de casa, o das cavernas, o das montanhas, o das neves... (N. E.)

casa, minha mãe me pediu pra mandar lembranças, caso eu encontrasse alguém da família.

– Obrigado, obrigado – disse o trol de casa, apressado. – O mesmo pra sua pobre mãe. Pode ser a última vez que mando lembranças pra ela, porque ela e seu pai não saem do vale de jeito nenhum. Eles disseram que tinham de esperar você e Sniff voltarem!

– Então, é melhor nos apressarmos – disse Moomin, com uma voz preocupada. – Se você passar por um correio, por favor, pode mandar um telegrama pra minha casa, dizendo que estamos voltando o mais rápido possível? Mande no papel colorido especial, por favor.

– Pode deixar, farei isso – disse o trol de casa, montando na bicicleta. – Bem, tchau, e que o Protetor-de-todos-os-moomintrols-e-trols-de-casa proteja vocês!

E, pedalando com cuidado, ele foi embora.

– Vocês viram quanta bagagem? – admirou-se Snufkin. – E o coitado estava bastante cansado. Ah, não é maravilhoso não possuir nada?! – E, feliz, ele jogou seu velho chapéu verde para cima.

– Não tenho certeza disso – disse Sniff, admirando seu pequeno punhal coberto de joias. – É bom ter coisas bonitas que realmente pertencem a você.

– Agora, precisamos ir – disse Moomin. – Estão nos esperando em casa, e tenho certeza de que isso não é nem um pouco divertido.

No caminho, encontraram grupos de criaturas fugindo: alguns andando, outros, dirigindo, outros, cavalgando, e alguns até levando suas casas em carrinhos de mão. Todos olhavam amedrontados para o céu, e quase ninguém tinha tempo para parar e conversar.

– É estranho – disse Moomin –, mas parece que nós não estamos tão assustados quanto todas essas pessoas, apesar de estarmos indo pro lugar mais perigoso de todos, e eles estarem saindo de lá.

– É porque nós somos muito corajosos – disse Sniff.

– Hum... – murmurou Moomin. – Acho – ele refletiu –, que deve ser porque a gente ficou conhecendo um pouco do cometa. Fomos os primeiros a saber que ele estava vindo. E o vimos se transformar de um pontinho em um grande Sol... Como deve ser solitário lá em cima, com todos com medo dele!

Logo, pararam na beira da estrada para almoçar, e lá estava um hemulen com um álbum de selos no colo.

– Toda esta confusão e correria! – ele resmungava. – Multidões de gente para todo lado, e ninguém sabe me dizer o que está acontecendo.

— Bom dia! — cumprimentou Moomin. — Por acaso, você é parente do hemulen que encontramos nas Montanhas Solitárias? Ele coleciona borboletas.

— Deve ser meu primo por parte de pai — respondeu Hemulen. — Ele é muito burro. Nem nos conhecemos mais. Cortei relações com ele.

— Por quê? — perguntou Sniff.

— Ele só se interessava por suas borboletas idiotas — disse Hemulen. — O mundo podia se abrir debaixo de seus pés, e ele não ia notar.

— É exatamente isso que vai acontecer agora — disse Snork. — Para ser preciso: amanhã à noite, às 8:42.

— O quê? — perguntou Hemulen. — Bem, como disse, tem havido uma grande confusão por aqui. Eu estive organizando meus selos durante a semana inteira, e todas as minhas obliterações,* marcas d'água e tudo o mais estavam reunidas em diferentes pilhas, quando... o que acontece? Alguém leva a mesa na

---

* Termo usado na filatelia (ato de estudar e colecionar selos) para designar a marca de carimbo nos selos, evitando que sejam usados mais de uma vez para pagar serviços postais. (N. E)

qual eu estava trabalhando! Outra pessoa puxa a cadeira debaixo de mim. Depois, a casa inteira desaparece. E aqui estou eu, com meus selos em uma completa desordem, e ninguém se preocupa em me dizer o que está acontecendo.

– Ouça, Hemul – disse Moomin, devagar e claro. – É um cometa que vai trombar com a Terra amanhã.

– Trombar? – perguntou Hemulen. – Isso tem alguma coisa a ver com colecionar selos?

– Não, não tem – respondeu Snufkin. – Tem a ver com o cometa: uma estrela selvagem com uma cauda. E se ele chegar aqui, não vai sobrar muito de sua coleção de selos.

– Os céus me protejam! – disse Hemulen, sobressaltado, e, com esse pedido um tanto ilógico, ele levantou seu vestido (hemulens sempre usam vestidos, ninguém sabe por quê – talvez nunca tenham pensado em usar calças) e perguntou o que deveria fazer em seguida.

– Venha conosco – sugeriu Miss Snob. – Encontramos uma caverna, onde você e sua coleção de selos podem se esconder.

E foi assim que Hemulen se juntou ao grupo que estava voltando para o Vale dos Moomins. Num dado momento, todos tiveram de voltar vários quilômetros para procurar um selo raro, que tinha voado do álbum; outra vez, ele brigou com Snork (que insistiu que tinha sido uma "discussão", apesar de todos terem visto que foi uma briga) por causa de alguma coisa que alguém tinha esquecido de fazer. Mas, de modo geral, eles se deram muito bem com Hemulen.

Já tinham saído da estrada rural há muito tempo e chegado a um bosque de álamos prateados e carvalhos, com ameixeiras aqui e ali, quando Sniff parou e prestou atenção.

– Vocês estão ouvindo alguma coisa? – perguntou.

Muito, muito baixo, ouviram um barulho parecendo um chiado, um zumbido. O som se aproximava cada vez mais, até que eles ficaram surdos com o ruído. Miss Snob apertou com toda força a mão de Moomin.

– Olhem! – gritou Sniff.

De repente, o céu vermelho foi encoberto por uma nuvem de criaturas voadoras, que primeiro mergulharam e, depois, entraram direto no bosque.

– É uma nuvem de gafanhotos! – gritou Snork.

Todos se esconderam atrás de uma pedra e, com cuidado, deram uma olhada nos insetos verdes, que se aglomeravam aos milhões entre os galhos.

– Os gafanhotos ficaram loucos? – sussurrou Miss Snob.

– Va-mos co-mer! Va-mos co-mer! – repetia o gafanhoto mais próximo.

– Esta-mos co-men-do! – entoava outro. – Estamos co-men-do! – faziam coro os outros gafanhotos, que roíam, rasgavam e mordiam tudo o que estava à vista.

– Olhar pra eles me dá fome – disse Hemulen. – Isso é pior do que a última confusão. Espero que não comam álbuns de selos.

– Alguém está vendo aquele gafanhoto músico, que estava bebendo cerveja no baile? – perguntou Snufkin.

– Ele era do tipo manso, do campo – respondeu Snork. – Esses são gafanhotos selvagens egípcios.

Era bem interessante ver como eles comiam rápido. Em pouco tempo, as pobres árvores estavam nuas. Não sobrava nenhuma folha, nem uma lâmina de grama.

Moomin suspirou.

– Já ouvi que gafanhotos sempre devastam o campo, antes de uma grande catástrofe – ele disse.

– O que é uma catástrofe? – perguntou Sniff.

– É alguma coisa que não podia ser pior – disse Moomin. – Como terremotos, maremotos e vulcões. E tornados. E pragas.

– Em outras palavras: confusões – disse Hemulen. – Impossível ter paz.

– Como era lá no Egito? – gritou Sniff para o gafanhoto mais próximo.

– Ah, porções pequenas, sabe? – ele cantarolou. – Mas atenção, amiguinhos, tomem cuidado com o vento forte!

– Nós comemos! – cantaram todos os gafanhotos, e, com uma explosão de chiados e zunidos, o enxame inteiro se levantou do esqueleto nu do bosque.

– Que criaturas horríveis! – exclamou Snufkin. E a pequena procissão marchou desanimada, no meio da devastação silenciosa que os gafanhotos tinham deixado para trás.

– Estou com sede! – reclamou Miss Snob. – Não estamos chegando? Snufkin, toque a música do "Cometa, cometinha". É exatamente como me sinto agora.

– A gaita está quebrada – protestou Snufkin. – Só algumas notas estão funcionando.

– Então, toque só com elas – pediu Miss Snob, e Snufkin tocou.

Come....., come.....,
a gente ..... nessa an.....
...... trilha tortuosa,
quase perde a ......,

de achar alma ......,
...... uma porta ......
.... lha nossa fa......

– Não gostei muito disso – disso Hemulen.

E os viajantes continuaram a se arrastar, os pés mais cansados do que nunca.

Enquanto isso, lá longe, no Egito, um tornado tinha nascido e, agora, voava com suas asas pretas pelo deserto, assoviando ameaçador ao passar, revirando madeiras e palhas, e ficando mais escuro e forte a cada minuto. Logo, começou a carregar as árvores e levantar os tetos das casas pelo caminho. Depois, lançou-se sobre o mar e, subindo as montanhas, chegou finalmente ao lugar onde ficava o Vale dos Moomins.

Sniff, que tinha orelhas longas, foi o primeiro a ouvir.

– Deve ser outra nuvem de gafanhotos – disse.

Todos prestaram atenção.

– Agora é a tempestade – disse Miss Snob.

E tinha razão: era a grande tempestade sobre a qual o gafanhoto os tinha avisado.

Os mensageiros do tornado vieram uivando entre os troncos nus das árvores. Arrancaram a medalha de Moomin e a sopraram para o topo de um abeto; fizeram Sniff rolar quatro vezes e tentaram levar o chapéu de Snufkin. Hemulen agarrou-se a seu álbum de selos, xingando e resmungando, e todos foram carregados bosque adentro, até chegar a um pântano aberto.

– Isso tinha de ter sido organizado um pouco melhor – gritou Snork. – Um vento bom desse jeito, e nada pra planar!

Os amigos se enfiaram entre as raízes de uma árvore para discutir o assunto.

– Eu fiz um planador, quando era pequeno – disse Moomin. – Ele voou muito bem...

– Um balão não seria uma má ideia – disse Miss Snob. – Eu já tive um balão salsicha. Amarelo.

Logo nesse instante, um bebê-tornado mergulhou nas raízes da árvore e pegou o álbum de selos de Hemulen, jogando-o pelos ares. Com um grito de dcsespero, Hemulen deu um pulo e foi atrás de seu tesouro. Mas cambaleou e balançou os braços, e o vento entrou debaixo de sua ampla saia e o carregou acima dos arbustos. Ele voou para longe, como uma grande pipa.

Pensativo, Snork observava a cena; depois, disse:

– Acho que tive uma ideia. Sigam-me, todos vocês!

A certa distância, encontraram Hemulen sentado, e lamentando-se, bastante tomado pelo desespero.

– Hemul – disse Snork –, isso tudo é uma catástrofe horrível, mas você seria gentil e nos emprestaria seu vestido por um tempo? Queremos fazer um balão com ele.

– Oh! Minha coleção de selos! – choramingou Hemulen. – Rara, única, insubstituível! A melhor do mundo!

– Ouça, tire o vestido um minuto, por favor – disse Snork.

– O quê?! – perguntou Hemulen. – Tirar meu vestido?!

– Sim! – gritaram todos. – Queremos fazer um balão com ele.

Hemulen ficou vermelho de raiva.

– Estou aqui sentado, aflito – reclamou –, depois de um acidente terrível causado por sua maldita catástrofe, e agora vocês querem pegar meu vestido?!

– Ouça – disse Snork –, vamos salvar seu álbum, se fizer o que estamos pedindo. Mas ande logo! Isso é só o começo do tornado, é um vendaval de alerta. Quando o verdadeiro chegar, será mais seguro estarmos no ar.

– Não dou a mínima pro seu tornado ou pro seu cometa – gritou Hemulen, que tinha acumulado muita raiva. – Quando se trata de meus selos...

Mas não conseguiu continuar, pois os outros se jogaram em cima dele e, num piscar de olhos, arrancaram seu vestido. Era um vestido muito grande, com um babado ao redor da barra, que Hemulen tinha herdado de sua tia. Eles só tinham de amarrar a gola e as mangas e teriam um balão perfeito.

Hemulen xingou e resmungou, bravo, mas ninguém prestou atenção, porque já viam, no horizonte, o verdadeiro tornado se aproximando. Parecia uma grande nuvem em forma de espiral, e vinha rodopiando sobre a floresta, com um rugido selvagem, arrancando as árvores pela raiz e derrubando-as como palitos de fósforo.

– Segurem com força! – gritou Moomin, e todos agarraram o babado do vestido de Hemulen e amarraram os rabos uns nos outros, por segurança.

O tornado tinha chegado!

Por muito tempo, eles não conseguiam ouvir nem ver nada. Mas o vestido de Hemulen os levava cada vez mais alto e os carregava sobre o pântano, sobre o topo das montanhas e sobre lagos secos, e continuava, e continuava, e a noite começou a cair, e veio a escuridão, antes do tornado perder o fôlego e morrer. Finalmente, eles pararam e viram que o balão tinha ficado preso em uma ameixeira alta.

– Puxa vida! – exclamou Moomin. – Estão todos aqui?

– Eu estou aqui – respondeu Hemulen. – E quero dizer, antes que qualquer outra coisa aconteça, que no futuro não vou participar desses jogos infantis. Se vocês vão fazer essas tolices por aí, devem fazer sem mim.

A essa altura, todos se sentiam exaustos demais para começar a lhe explicar tudo de novo.

– Eu estou aqui e meu espelho também – disse Miss Snob.

– E eu estou com meu chapéu – disse Snufkin –, e minha gaita.

– Mas meu caderno pode estar em qualquer lugar por aí – disse Snork, triste. – E eu tinha anotado tudo o que tem de ser feito quando um cometa está vindo. Agora, o que vamos fazer?

– Bem, deixe isso pra lá – disse Moomin. – Onde está Sniff?

– Aqui – respondeu uma voz fraquinha. – Se é que sou realmente eu, e não um pobre pedaço de destroço que sobrou da tempestade.

– É você mesmo – disse Hemulen. – Eu reconheceria seu chiado em qualquer lugar. E talvez vocês possam devolver meu vestido, agora.

– Claro, com certeza! – disse Moomin. – E obrigado pelo empréstimo.

Hemulen resmungou e bufou ao enfiar o vestido pela cabeça – e, por sorte, ele não percebeu como o tornado o tinha tratado!

Passaram a noite na ameixeira, bem juntinhos, e estavam tão cansados que só acordaram ao meio-dia do dia seguinte.

CAPÍTULO 11

Que conta sobre uma festa de boas-vindas, o voo para a caverna e a chegada do cometa.

O dia 7 de outubro estava sem vento e muito quente. Moomin acordou e bocejou com vontade. Depois, fechou a boca com um estalo e arregalou os olhos.

– Vocês se deram conta de que dia é hoje? – ele perguntou.

– O dia do cometa! – sussurrou Sniff.

Minha nossa, como ele estava enorme! O vermelho tinha se tornado branco-amarelado, e, ao redor dele, havia um círculo de chamas dançantes. A floresta parecia estar esperando, sem fôlego... As formigas estavam nos formigueiros, os pássaros, em seus ninhos, e cada uma das criaturinhas do bosque que não fugira tinha encontrado um esconderijo.

– Quantas horas são? – perguntou Moomin.

– Meio-dia e dez – respondeu Snork.

Ninguém disse nem mais uma palavra. Desceram da árvore e tomaram o caminho de casa o mais rápido que conseguiram.

Só Hemulen continuou a resmungar, cada hora sobre uma coisa: selos e o vestido estragado.

– Silêncio, agora – pediu Snork. – Temos coisas mais importantes sobre as quais pensar.

– Você acha que o cometa vai chegar ao Vale dos Moomins antes da gente? – perguntou Miss Snob.

– Vamos chegar lá a tempo – assegurou Moomin. Mas ele parecia preocupado.

A nuvem de gafanhotos não tinha estado por ali, pois a floresta estava verde de novo, e a ladeira diante deles estava coberta de flores brancas.

– Quer uma flor para pôr atrás da orelha? – perguntou Moomin.

– Oh, não! – respondeu Miss Snob. – Estou preocupada demais pra pensar nessas coisas.

Sniff caminhava mais à frente, e, de repente, ouviram-no soltar um grito de alegria.

– Mais alguma confusão, imagino – disse Hemulen.

– Oi! Olá! Depressa! – gritou Sniff. – Corram! Venham! – E pôs a mão na boca e assoviou bem alto.

Todos começaram a correr entre as árvores, Moomin à frente. Enquanto corria, um delicioso cheiro de pão fresco entrou em seu nariz. As árvores ficaram mais raras, e Moomin parou de repente, com um grito de surpresa e felicidade.

Abaixo dele, estava o Vale dos Moomins. E, no centro, entre os álamos e as ameixeiras, a casa dos Moomins, tão azul, serena e maravilhosa como quando ele tinha partido. E, dentro, sua mãe assava pães e bolos tranquilamente.

– Agora tudo vai ficar bem – disse Moomin, feliz, e estava tão emocionado que teve de se sentar.

– Lá está a ponte! – apontou Miss Snob. – E lá está o álamo do qual você falou, que é tão gostoso de subir. E que linda é a casa!

Moomin Mãe estava na cozinha, decorando um bolo enorme com casca de limão amarelo e fatias de pera cristalizada. As palavras "Para meu querido Moomin" estavam escritas com chocolate, contornando o bolo, e em cima havia uma estrela brilhante de algodão doce.

Moomin Mãe assoviava baixinho, só para si mesma, e, de vez em quando, olhava pela janela.

Moomin Pai, nervoso, ia de quarto em quarto, atrapalhando bastante.

– Eles devem estar chegando – comentou. – É uma e meia.

– Eles vão chegar, com certeza – disse Moomin Mãe. – Espere um minuto, enquanto tiro o bolo daqui! Sniff vai lamber a tigela, ele sempre lambe.

– Se ele chegar – disse Moomin Pai, e suspirou profundamente.

Nesse momento, Muskarato entrou e se sentou em um canto.

– Então, e o tal cometa? – perguntou Moomin Mãe.

– Está se aproximando – respondeu Muskarato. – Esse é um momento de choro e tristeza, com certeza. Mas é óbvio que esse tipo de coisa não afeta um filósofo como eu.

– Bem, espero que você cuide bem de seu bigode, quando for a hora – disse Moomin Mãe, gentil. – Seria uma pena se ele se queimasse. Aceita um biscoito?

– Bem, obrigado. Talvez um pequeno – respondeu Muskarato. Depois de comer oito biscoitos, comentou: – O jovem Moomin parece estar descendo a colina, acompanhado de um grupo bastante estranho. Não sei se isso é do interesse de vocês.

– Moomin? – gritou Moomin Mãe. – Por que não disse antes? – e correu para fora, seguida por Moomin Pai.

Lá vinham eles, correndo pela ponte! À frente, Moomin e Sniff, depois, Snufkin, em seguida os Snorks e, por último, Hemulen, que não tinha se refeito do mau humor.

Todos se abraçaram, e Moomin Mãe explodiu de emoção:

– Meu querido Moomin, meu filho, achei que nunca mais fosse ver você!

– Você tinha de ter me visto lutar com o arbusto venenoso! – disse Moomin. – Chap! Lá se ia um braço! Chup! Lá se ia outro! E, no final, só sobrou um toco!

– Muito bem! – disse Moomin Mãe. – E quem é essa garotinha?

– Essa é Miss Snob – disse Moomin, trazendo-a para a frente do grupo. – Foi ela que eu salvei do arbusto venenoso. E esse é Snufkin, um dos viajantes do mundo. Esse é Hemulen, especialista em filatelia!

– Oh, mesmo? – perguntou Moomin Pai. Então, se lembrou e disse: – Na verdade... Eu me lembro de colecionar selos em minha juventude. Um passatempo muito interessante.

– Não é meu passatempo, é meu trabalho – retrucou Hemulen, grosseiro. (Ele tinha dormido mal.)

– Nesse caso – disse Moomin Pai –, talvez você possa me dar sua opinião sobre um álbum de selos que foi trazido aqui pelo tornado, ontem à noite.

– Você disse um álbum de selos? – perguntou Hemulen. – Que voou até aqui?

– Pois é – interferiu Moomin Mãe. – Eu fiz a massa do pão ontem à noite, e hoje de manhã ela estava cheia de pedaços de papel grudentos.

– Papel grudento?! – chiou Hemulen. – Aqueles devem ser os meus mais raros exemplares. Eles ainda estão aqui? Onde estão? Em nome de todos os hemulens, espero que vocês não os tenham jogado fora.

– Estão todos dependurados para secar – disse Moomin Mãe, apontando para um varal, debaixo das ameixeiras.

Hemulen saiu correndo.

– Agora ele está se sentindo vivo de novo – disse Sniff, rindo. – Mas ele não correria dois passos, se o cometa estivesse atrás dele.

– Sim, o cometa! – disse Moomin Mãe, ansiosa.
– Muskarato disse que ele vai cair no jardim da minha cozinha, essa noite. Isso é muito chato, porque eu acabei de capinar tudo!

– Sugiro que a gente faça uma reunião na casa dos Moomins – disse Snork. – Quer dizer, se vocês não se importarem, claro.

– Não, não, claro que não – respondeu Moomin Pai. – Entrem. Fiquem à vontade!

– Acabei de assar biscoitos – lembrou Moomin Mãe, um pouco agitada, pegando as novas xícaras, decoradas com rosas e lírios. – Que coisa boa vocês terem chegado em casa a tempo, queridos!

– Vocês receberam o telegrama que o trol de casa enviou? – perguntou Sniff.

– Recebemos – respondeu Moomin Pai. – Mas as letras estavam às avessas, e o resto eram só pontos de exclamação. O trol de casa, com certeza, estava nervoso demais pra enviar telegramas.

Nesse instante, Moomin Mãe apareceu na janela e gritou:

– Café!

Todos correram para dentro, exceto Hemulen. Estava ocupado, espalhando seus selos e organizando-os em diferentes pilhas, e só murmurou, zangado, que não tinha tempo.

– Bem – disse Snork –, agora podemos ir direto ao assunto. Infelizmente, perdi o caderno onde tinha anotado tudo o que fazer no caso de precisarmos fugir de um cometa, mas uma coisa chama a atenção tanto quanto o nariz no meu rosto: precisamos encontrar um lugar seguro pra nos esconder.

– Você está fazendo uma tempestade num copo d'água sobre isso – disse sua irmã. – É muito simples. Tudo o que temos de fazer é nos esconder na caverna do Moomin, levando nossos pertences mais valiosos conosco!

– E muita comida – acrescentou Sniff. – E é minha caverna, aliás!

– Minha nossa! – exclamou Moomin Mãe. – Vocês têm uma caverna só de vocês?

Isso levou Moomin e Sniff a uma longa descrição de como tinham encontrado a caverna, como ela era maravilhosa e como era um esconderijo perfeito. Os dois conversavam ao mesmo tempo, cada um tentando falar mais alto do que o outro, e o resultado foi que Sniff derrubou sua xícara de café na toalha de mesa.

– Sniff! – exclamou Moomin Mãe. – Está claro que vocês estiveram vivendo como bárbaros, enquanto estavam fora. Sniff, é melhor você comer no tapete. A tigela do bolo está na pia; você pode levá-la com você pra lamber, se quiser.

Sniff se enfiou debaixo da mesa, todo confuso, e a reunião continuou.

– Sempre acreditei em deixar cada um fazer sua parte – disse Snork, pomposo. – Todos devemos carregar nossas coisas pra caverna o mais rápido possível, porque já são três horas. Minha irmã e eu podemos levar as roupas de cama, que tal?

– Ótimo – disse Moomin Mãe. – Eu levo a geleia. Sniff querido, você começa a esvaziar as gavetas da cômoda, porque temos de levar tudo o que está lá.

Assim começou a maior correria que você já viu: coisas eram carregadas daqui pra lá e de lá pra cá, e empacotadas; Moomin Pai enchia o carrinho de mão, e Moomin Mãe, apressada, procurava cordão e jornal. (Era como uma fuga para o interior, nos tempos de guerra, com poucas horas de antecedência.)

Moomin Pai, com o carrinho de mão, ia e voltava pela floresta até a praia, e descarregava na areia. Lá, Moomin e Sniff puxavam todas as coisas para a caverna, usando uma corda.

Enquanto isso, os outros juntavam tudo o que era possível tirar da casa, até as maçanetas das portas e os cordões das persianas.

– Não vou deixar nada pra esse cometa infeliz – murmurou Moomin Mãe, puxando a banheira pela porta. – Snork querido, corra até a horta da cozinha e arranque os rabanetes, e, Sniff, você pode carregar o bolo, mas tome muito cuidado!

Moomin Pai chegou, bufando, com o carrinho de mão.

– Andem rápido, todos vocês! – disse. – Logo vai estar escuro, e o buraco no teto da caverna terá de ser tapado.

– Sim, sim – disse Moomin Mãe. – Só quero pegar minhas conchas, ao redor do canteiro de ruibarbo. E as rosas mais bonitas.

– Não – disse Moomin Pai, decidido. – Vamos deixá-las aqui, de qualquer maneira. Agora entre na banheira, querida, e vou carregá-la até a caverna. Onde está Hemulen?

– Ele está contando os selos – respondeu Miss Snob. – Nada mais parece interessar a ele.

– Olá! Hemul! – gritou Snork. – Ande logo, por favor! O cometa vai chegar daqui a pouco, e com certeza seus selos vão voar pelos ares.

– Oh, os céus me protejam! – exclamou Hemulen e pulou direto para dentro da banheira, onde se sentou agarrado a seu álbum de selos, recusando-se a sair de lá.

Então, o grupo todo partiu, na última jornada para a caverna. A costa estava sombria e deserta, com o grande abismo que tinha sido o mar à frente deles, o céu vermelho-escuro acima e, atrás, a floresta ofegante no calor. O cometa estava muito perto agora. Brilhava branco e quente e estava enorme, voando na direção do Vale dos Moomins.

– Onde está Muskarato? – Moomin Mãe perguntou, de repente, com voz aflita.

– Ele não quis vir – respondeu Moomin Pai. – Disse que era desnecessário e indigno de um filósofo sair correndo assim. Tive de deixá-lo, mas permiti que ficasse com a rede.

– Oh, bem... – suspirou Moomin Mãe. – É difícil entender os filósofos. Se afastem do caminho, crianças, papai vai içar a banheira.

Moomin, Sniff e Snufkin puxavam e gritavam lá da caverna, enquanto Moomin Pai e os Snorks empurravam e davam ordens da areia, e a banheira balançava para cima e para baixo, deslizava e era levantada de novo, até que, finalmente, chegou à beirada da caverna.

Durante todo esse tempo, Moomin Mãe tinha ficado sentada na areia, secando a testa, até que deu um suspiro e exclamou:

– Que manobra!

Hemulen, claro, não tinha participado em nada da movimentação da banheira, exceto por ficar sentado dentro dela. Já tinha entrado na caverna e estava organizando seus selos.

– Sempre alguma confusão e correria – murmurou. – Quem dera eu conseguisse entender o que está acontecendo com eles.

E, enquanto ficava cada vez mais quente e cada vez mais escuro, os ponteiros do relógio aproximavam-se devagar das setes horas.

Eles não conseguiram passar a banheira pela entrada da caverna, e Snork queria fazer uma reunião sobre isso, mas, como não havia tempo suficiente, decidiram içá-la diretamente até o teto, para tampar o buraco.

Moomin Mãe arrumou camas para todos no chão de areia macia da caverna e acendeu a lamparina, enquanto Snufkin dependurava uma coberta na frente da porta.

– Vocês acham que isso vai ser proteção suficiente? – perguntou Moomin.

Snufkin tirou uma garrafa do bolso e a balançou, triunfante.

– Você se esqueceu do protetor solar subterrâneo que ganhei do espírito de fogo? – perguntou. – A última gota é a conta pra passarmos no lado de fora da coberta, e, assim, vinte cometas não serão capazes de queimá-la!

– Não vai manchar a coberta, espero – disse Moomin Mãe, preocupada.

Nesse momento, ouviram um barulho do lado de fora da caverna, e um nariz apontou debaixo da coberta; depois vieram dois olhos pretos e, por fim, Muskarato inteiro.

– Oh! – exclamou Sniff. – Você resolveu vir, Tio Muskarato?

– Resolvi, estava muito difícil pensar lá embaixo, naquele calor terrível – explicou Muskarato, arrastando-se para um canto, com muita dignidade.

– Agora estamos prontos – disse Moomin Pai. – Quantas horas são?

– Sete e vinte e cinco – respondeu Snork.

– Então, temos tempo pra experimentar o bolo – disse Moomin Mãe. – Sniff, onde ele está?

– Em algum lugar por ali – disse Sniff, apontando para o canto onde Muskarato estava sentado.

– Onde? – perguntou Moomin Mãe. – Não estou vendo. Muskarato, você viu um bolo em algum lugar?

– Não ligo pra coisas como bolos – respondeu Muskarato, sério, enrolando o bigode. – Não os vejo, experimento ou mexo com eles, de forma alguma. Nunca.

– Entendo, mas aonde esse bolo pode ter ido parar? – indagava Moomin Mãe, desesperada. – Sniff, você não o comeu inteiro no caminho até aqui?

– Ele era grande demais – respondeu Sniff, inocente.

– Então, você comeu um pedaço! – gritou Moomin. – Vamos, confesse!

– Só a estrela que ficava em cima; E ela estava bem dura. – confessou Sniff. E se enfiou debaixo do colchão pra se esconder.

– Crianças levadas – disse Moomin Mãe, sentando-se em uma cadeira e sentindo-se muito cansada, de repente.

Miss Snob, esperta, olhou para Muskarato.

– Poderia dar licença um pouquinho, Tio Muskarato? – pediu.

– Aqui estou sentado, aqui fico – respondeu Muskarato.

– Aí você se senta em nosso bolo – disse Miss Snob.

Muskarato se levantou, e oh, não! Ninguém nunca viu tanta bagunça quanto havia em seu bumbum. Quanto ao bolo...

– Isso era desnecessário, de todo modo! – disse Sniff.

— Meu bolo! – lamentou Moomin. – Em minha homenagem!

— Agora vou ficar grudento o resto da vida, imagino – disse Muskarato, amargo. – Só espero conseguir suportar isso como um homem e como um filósofo.

— Fiquem quietos, todos vocês! – gritou Moomin Mãe. – Ainda é o mesmo bolo, só em um formato diferente. Só isso! Agora tragam seus pratos, e vamos compartilhá-lo, do mesmo jeito.

E cortou o bolo esmagado em nove pedaços iguais e os distribuiu. Em seguida, encheu uma bacia com água morna e pediu para Muskarato se sentar nela.

— Isso perturbou completamente minha paz – ele reclamou. – Um filósofo deveria estar protegido desses acontecimentos ofensivos do dia a dia.

— Não se preocupe – disse Moomin Mãe, tentando consolá-lo. – Logo vai se sentir melhor.

– Mas eu me preocupo – disse Muskarato, rabugento. – Nunca se tem nenhuma paz... – E continuou a resmungar.

A caverna ficava cada vez mais quente. Cada um se sentou em um canto e esperou. De vez em quando, ouvia-se um suspiro, ou alguém fazia uma observação óbvia. Fora isso, silêncio absoluto.

De repente, Moomin deu um pulo.

– A gente se esqueceu do macaco-seda! – gritou.

– Verdade! – disse Moomin Mãe. – Que coisa horrível! Eu o vi ontem mesmo, caçando caranguejos.

– Temos de socorrê-lo – disse Moomin, decidido. – Alguém sabe onde ele mora?

– Ele não mora em nenhum lugar – respondeu Moomin Pai. – Infelizmente, acho que teremos de deixá-lo se virar. Não temos tempo de ir procurá-lo.

– Oh, por favor, não vá, querido Moomin! – suplicou Miss Snob.

– Tenho de ir – ele respondeu. – Vou voltar. Não se preocupe!

– Leve meu relógio, pra ficar de olho nas horas. – disse Snork. – E vá o mais rápido que conseguir. Já são oito e quinze.

– Então, tenho vinte e sete minutos – concluiu Moomin. Abraçou a mãe ansiosa, engoliu o último pedaço de bolo e passou por baixo da coberta.

Era como andar em um enorme forno com a temperatura no máximo. As árvores pendiam murchas e sem vida, enquanto o cometa brilhava tão forte que ninguém conseguiria olhar para ele. Moomin correu pela areia e entrou na floresta, gritando:

– Olá! Macaco-seda! Onde você está? Macaco-seda! Responda!

Na penumbra vermelha sob as árvores, nem um sopro de vida se movia: todas as pequenas criaturas tinham se escondido debaixo da terra e se encolhiam por lá, silenciosas e com medo. Só Moomin corria pela floresta. Ele parou e chamou, depois, prestou atenção e começou a correr de novo. Por fim, parou e olhou para o relógio. Só tinha mais doze minutos: teria que voltar.

Deu um último grito e, dessa vez, para sua alegria, um barulho fraco veio em resposta. Moomin levou as mãos em concha à boca e chamou de novo, e a resposta veio de mais perto. Pouco depois, o macaco-seda desceu de uma árvore bem na frente de Moomin.

– Então, o que temos aqui? – tagarelou. – Estava exatamente me perguntando...

– Não temos tempo pra conversar agora – interrompeu Moomin. – Só me siga até a caverna o mais rápido que conseguir, ou uma coisa horrível vai acontecer conosco.

Partiram o mais rápido possível; o macaco-seda ria, gritava e fazia perguntas, sem a menor ideia do que estava acontecendo.

– É alguma coisa interessante? – ele perguntava, saltando de galho em galho, com muita alegria. Estava achando aquilo tudo muito divertido: talvez fosse algum tipo de corrida.

Moomin nunca tinha corrido tão rápido em sua vida. De vez em quando, olhava para o relógio, que também parecia mais acelerado do que o normal. Só lhes restavam quatro minutos!

Chegaram à praia... Três minutos! Oh, como era difícil correr na areia. Moomin agarrou a mão do macaco-seda e, juntos, eles deram uma última e precipitada corrida. Moomin Mãe estava esperando do lado de fora da caverna e, quando os avistou, começou a balançar os braços:
– Rápido, crianças! Corram! Corram!
Os dois subiram a rocha como loucos, e Moomin Mãe os agarrou e empurrou pela entrada da caverna...
– Oh, ainda bem! – Miss Snob suspirou aliviada e, aos poucos, recuperou sua cor normal, porque tinha estado rosa de preocupação nos últimos vinte minutos. – Você voltou a tempo, meu Moomin!
Em seguida, ouviram um barulho horrível do lado de fora: um forte zumbido e um grande estrondo.
Todos, exceto Hemulen, ocupado com seus selos, e Muskarato, preso na bacia de água quente, se jogaram no chão, formando uma pilha. A lamparina se apagou, e a caverna ficou em completa escuridão.

O cometa mergulhava, veloz, na direção da Terra. Eram exatamente oito horas, quarenta e dois minutos e quatro segundos. Houve uma rajada de ar, como se milhões de foguetes estivessem sendo lançados ao mesmo tempo, e a Terra balançou.

Hemulen caiu de cara no chão, em cima dos selos, Sniff gritou com toda a força, e Snufkin enfiou ainda mais o chapéu na cabeça para se proteger.

O cometa cruzou o vale com a cauda em chamas, atravessou a floresta e as montanhas e, depois, desapareceu no fim do mundo.

Se ele tivesse chegado um pouquinho mais perto da Terra, tenho quase certeza de que nenhum de nós estaria aqui agora. Mas ele só deu uma esbarrada com a cauda e voou para outro sistema solar bem longe, e nunca mais ouvimos falar dele.

Mas, na caverna, ninguém sabia disso. Achavam que tudo tinha sido queimado ou destruído e virado pó quando o cometa chegou, e que a caverna era a única coisa que tinha sobrado no mundo inteiro. Escutaram e prestaram atenção, mas só ouviram silêncio.

– Mamãe – disse Moomin –, tudo acabou agora?

– Sim, acabou, meu pequeno Moomin – respondeu a mãe. – Agora está tudo bem, e você precisa dormir. Todos vocês precisam dormir, meus queridos. Não chore, Sniff, não há mais perigo agora.

Miss Snob estava tremendo.

– Não foi horrível? – ela perguntou.

– Não pense mais nisso – Moomin Mãe confortou-a. – Aconchegue-se em mim, macaco-seda, pra se esquentar. Vou cantar uma canção de ninar pra vocês.

E foi isso o que ela cantou:

Feche os olhos e se aconchegue em mim
Durma a noite toda com sonhos sem fim.
O cometa se foi, e mamãe aqui está
Para protegê-lo até a manhã chegar.

Um a um, eles caíram no sono, até que finalmente a caverna ficou bem silenciosa e tranquila.

CAPÍTULO 12

Que conta o fim da história.

Moomin foi o primeiro a acordar na manhã seguinte. Por um longo tempo, não conseguiu se lembrar de onde estava, e, quando tudo voltou à sua mente, levantou-se de um pulo, andou na ponta dos pés até a entrada da caverna, ergueu corajosamente a coberta e olhou para fora.

Que cena seus olhos viram! O céu já não estava mais vermelho, mas sim de um lindo azul; o Sol da manhã brilhava em seu lugar normal, parecendo que tinha acabado de ser lustrado. Moomin sentou-se e virou o rosto para cima, fechando os olhos e soltando um profundo suspiro de felicidade.

Depois de um tempo, Miss Snob saiu da caverna e sentou-se ao seu lado.

– Bem, o céu, o Sol e as montanhas ainda estão aqui, pelo menos – ela disse, séria.

– E olhe! O mar está voltando! – sussurrou Moomin.

E lá estava o mar, correndo incansável na direção deles, claro e brilhante como suave seda azul, o mesmo velho mar que sempre amaram!

Todas as criaturas do mar saíram da lama, onde tinham se refugiado, e correram felizes para a superfície. As algas e plantas aquáticas começaram a crescer devagar na direção do sol, e no além-mar apareceu um bando de gaivotas que logo estava circulando sobre a praia.

Na caverna, os outros foram acordando, piscando, surpresos. A noite lhes parecia um terrível sonho vermelho, e Hemulen era o único que realmente não estava surpreso com a luz do Sol e o mar azul. Só carregou seus selos para a areia e disse:

– Agora vou organizar minhas marcas d'água pela sétima vez, e coitado daquele que me perturbar, seja ele da tribo Moomin, Sniff ou Snufkin!

Muskarato bufou, penteou o bigode e saiu para ver se sua rede ainda estava por lá.

– Agora tenho um novo capítulo pras minhas memórias – disse Moomin Pai. – Minha nossa! Esse livro vai ficar muito interessante, quando eu acabar.

– Com certeza, querido – concordou Moomin Mãe. – Mas tantas coisas interessantes acontecem conosco, que acho que o livro nunca vai ter um fim. Ah, como é bom ver o Sol de novo!

Sniff deu um laço no rabo e dançou, levantando seu punhal na direção do Sol para que as opalas brilhassem. Em seguida, partiu com o macaco-seda para ver se havia sobrado algum caranguejo, depois da catástrofe.

Enquanto isso, Snufkin tinha pegado a gaita e tentava tocar de novo. Todas as notas tinham voltado a funcionar, até mesmo as pequenas, então ele pôde tocar à vontade.

Moomin entrou na caverna, desenterrou suas pérolas e as acomodou no colo de Miss Snob.

– São pra você – disse. – Pra que você se enfeite toda, como quiser, e seja a menina snork mais linda do mundo.

Mas a maior pérola ele deu para sua mãe, para ela usar no nariz.

– Oh, Moomin! Que linda! – exclamou Moomin Mãe. – Mas agora quero saber o que aconteceu. Você acha que a floresta ainda está lá, e a casa, e a horta da cozinha?

– Acho que tudo ainda está lá – respondeu Moomin. – Venha comigo, vamos dar uma olhada.

(1914 – 2001)

TOVE JANSSON nasceu em agosto de 1914 e cresceu em Helsinque, na Finlândia. Sua família, parte da minoria que fala sueco no país, era artística e excêntrica. O pai de Tove, Viktor, foi um dos maiores escultores da Finlândia, e a mãe, Signe, fazia projetos gráficos e ilustrava livros, capas, selos postais, cédulas bancárias e tirinhas políticas.

Quando jovem, Tove estudou Arte e Design na Suécia, França e Finlândia, onde escolheu voltar a viver. Na década de 1940, trabalhou como ilustradora e cartunista para várias revistas nacionais. Durante esse tempo, começou a usar um personagem parecido com um moomin, como um tipo de marca registrada de seus quadrinhos. Com o nome de Snork, essa versão inicial de Moomintrol era magra, com um nariz comprido e fino, e um rabo diabólico. Tove disse que o tinha desenhado em sua juventude, tentando criar "a mais feia criatura possível".

O nome "Moomintrol" apareceu como uma piada: quando Tove estava estudando em Estocolmo e morando com familiares suecos, seu tio disse que um "Moomintrol" vivia na despensa e soprava vento frio no pescoço das pessoas, para fazer com que ela parasse de "roubar" comida da cozinha.

Tove publicou o primeiro livro da série Moomins, *Os Moomins e o dilúvio*, em 1945, escrito em 1939. Apesar de as personagens centrais serem Moomin Mãe e Moomin Pai, a maioria das personagens só foi introduzida no livro seguinte. Assim, *Os Moomins e o dilúvio* é considerado um "pré-série".

A consagração chegou com a publicação de *Um cometa na terra dos Moomins*, em 1946, e *Os Moomins e o chapéu do mago*, dois anos mais tarde. Os livros logo foram publicados em inglês e em outras línguas, e assim começou a ascensão internacional dos Moomins.

Tove Jansson morreu em junho de 2001. Os muitos prêmios que recebeu como autora e artista incluem o Prêmio Hans Christian Andersen, em 1966, do IBBY (International Board on Books for Young People), por sua contribuição, durante toda a vida, para a literatura infantil, e duas medalhas de ouro da Academia Sueca.

Esta obra foi composta com a tipografia Electra e impressa
em papel Off-White 70 g/m² na gráfica Rede.